想象另一种可能

理想国
imaginist

CHRISTOPHER HITCHENS
Letters to a Young Contrarian

给青年叛逆者的信

[美] 克里斯托弗·希钦斯 著

陈以侃 译

云南出版集团
云南人民出版社

LETTERS TO A YOUNG CONTRARIAN
by Christopher Hitchens
Copyright © 2001 by Christopher Hitchens

This edition published by arrangement with Basic Books, an imprint of Perseus Books, LLC, a subsidiary of Hachette Book Group, Inc., New York, New York, USA.
All rights reserved.

著作权合同登记图字：23-2023-068

图书在版编目（CIP）数据

给青年叛逆者的信/(美)克里斯托弗·希钦斯著；陈以侃译. -- 昆明：云南人民出版社，2023.9
书名原文：Letters to a Young Contrarian
ISBN 978-7-222-22071-3

Ⅰ.①给… Ⅱ.①克… ②陈… Ⅲ.①书信集-美国-现代 Ⅳ.①I712.65

中国国家版本馆CIP数据核字(2023)第170510号

特约策划：	雷　韵
责任编辑：	金学丽
封面设计：	陆智昌
内文制作：	马志方
责任校对：	柳云龙
责任印制：	窦雪松

给青年叛逆者的信

[美]克里斯托弗·希钦斯 著 陈以侃 译

出　版	云南出版集团　云南人民出版社
发　行	云南人民出版社
社　址	昆明市环城西路609号
邮　编	650034
网　址	www.ynpph.com.cn
E-mail	ynrms@sina.com
开　本	787mm×1092mm　1/32
印　张	7
字　数	98千
版　次	2023年9月第1版第1次印刷
印　刷	山东韵杰文化科技有限公司
书　号	ISBN 978-7-222-22071-3
定　价	59.00元

In Memory of Peter Sedgwick

纪念彼得·塞奇威克

目录

前言 ... 1

序 ... 9

01 需要一点勇气 ... 13

02 不得不写 ... 31

03 争斗是万物之源 ... 39

04 保持怀疑 ... 49

05 会有一些艰难的日子 ... 61

06 给敌人提供弹药 ... 69

07 事情并没有表面上那么复杂 ... 77

08 如何规避衰颓和惯性 ... 85

09 心智自由的前提 ... 87

10　宗教的"精神力量" ... 95

11　警惕民意 ... 107

12　关于"优越感" ... 121

13　都是哺乳动物 ... 129

14　异见者终究是少数 ... 145

15　要多旅行 ... 161

16　关于幽默 ... 175

17　关于无趣 ... 189

18　密涅瓦的猫头鹰 ... 195

跋 ... 213

前言

亲爱的 X，

到了要将这艘小纸船送入长风阔浪的时候，似可写这最后一封信，作为开篇。书稿在编辑部和印刷厂间辗转时，我也奔走在其他几条战线上，这情形想必你也不会意外。一个你曾经随口提起的问题漂浮进了我的思想中：如果看到自己的作品在公开出版物里被毁谤或歪曲，该如何回应？

简单地说，我已经习以为常，但不会无动于衷。我也攻击和批评别人，要别人反过来对我宽厚没有道理。有作者宣称对书评或书讯毫不在意，我也难以相信。不过,屡次三番读到那些基本靠剪切以前的评论或书讯写出的评论或书讯,也的确让人疲倦。开头的几段里总有这样一句话,用的是标准的格式和借来的字词:"曾经把特蕾莎修女、戴安娜王妃和比尔·克林顿作为攻击对象的希钦斯,现在把炮火转向了……"

当然了,你也可以想见,这很让人沮丧。别的不谈,我厌烦自己的"事业"被稀释成了旧货翻新。所有人都蹈袭旧说,甚至写不出这样一句话:"希钦斯,一个曾批评特蕾莎修女怀着慈爱背书海地杜瓦利埃*政权的人……"异见就这样被鬼鬼祟祟地边缘化了,或者死于居高临下的所谓宽容。不过,我写作不是为了自怜。让我跟你聊聊在2001年五六月间,短短一个月之内,发生在我

---

* François Duvalier(1907—1971),1957年至1971年任海地总统,依靠持有特权的私人卫队和将其神化的巫术实行独裁统治,1964年宣布为"终身总统"。——译者注(本书脚注,皆为译者注)

身上的事情。

在特蕾莎修女封圣的前夕有一个意见听取会，我受梵蒂冈的直接邀请，前往提出反方意见。让我得以扮演真正意义上的"魔鬼代言人"，这是何等的运气；而我也必须说，教会所表现出的仔细和谨慎，和我那些自由派的批判者有天渊之别。关上门之后，房间里只有一本《圣经》、一台录音机，一个蒙席*、一个助祭、一个神父——他们自始至终都愿意听取我带去的所有证据和意见，举证过程极为庄重。此事可以另找机会细谈；重点在于，如今记录在案的，不只是原教旨主义者的一面之词了。

英国的电视上播放了一部详尽叙述戴安娜王妃生平的纪录片，把其中不少时间（终于）给了我们这些不愿加入这个教派的人。里面留下了我的大

---

* Monsignor，意大利语的音译，天主教会高级神职人员从罗马教皇手中所领受的荣誉称号。

段访谈，那包歇斯底里的信事后却没有等来，而还在不久之前，这几乎是我所从事的工作难逃的危害。这块舒芙蕾是谁也不能让它再蓬松起来了*。

斯洛博丹·米洛舍维奇被带到了海牙法庭接受审判。我并未感到欢欣鼓舞，是因为他实际是被"买来"的，有对塞尔维亚的经济援助作为交换条件；但他在代顿[†]承诺接受审判已经过去了许多年，叫人忍无可忍。我想到自己关于斯雷布雷尼察[‡]、萨拉热窝[§]、科索沃[¶]做过那么多论争，想到那些关于不要理会塞尔维亚法西斯的半生不熟的理由，想到波斯尼亚局势让人绝望的那些时候，我允许自

---

* 英语里有种表达叫"你不能让舒芙蕾蓬松两次"，指有些事情是无法重复的，用这个空洞的甜品指代人物，本身带有贬义。
[†] 1995年，前南斯拉夫联盟、克罗地亚和波黑三国领导人在位于美国俄亥俄州代顿市的莱特-特派森空军基地签署了"代顿协议"，结束了波黑战争。
[‡] Srebrenica，波黑小城，1995年7月（波黑战争期间）塞族军队在这里展开种族屠杀，造成大约八千名当地平民死亡。
[§] 萨拉热窝和斯雷布雷尼察均为联合国安理会划出的"非军事区"，但都没有受到真正的保护。
[¶] 主要指1998年至1999年间的科索沃战争。

己不声张地为自己的微薄贡献感到骄傲,同时也很惭愧,因为自己的贡献的确微薄。

在比尔·克林顿的异父弟弟罗杰所写的一张便条上,找到了总统同意的首字母签名,而罗杰之前不但一直致力于为某个毒贩子谋求特赦,并且还在辛苦解释他如何拿到了像砖头那么厚的一沓旅行支票*。后来"无法证明收钱办事"的混沌情形倒是可以预料,但我也注意到,里奇被特赦†之后,一连有好几个月,我找不到人和我争辩克林顿是不是个卑鄙的骗子。相信我,在那之前,情形可是大不相同。

---

* 有证据显示,罗杰·克林顿多年来利用自己与总统的关系替罪犯游说,并从中牟利。此处应指犯罪集团中因为贩毒被判四十五年徒刑的罗萨里奥·甘比诺(Rosario Gambino),以及罗杰从外国政府获得了来源不明的约三十多万美金的旅行支票。

† 马克·里奇(Marc Rich)逃税近五千万美元,在诉讼期间逃出美国,他的前妻曾给克林顿夫妇数额巨大的捐款,克林顿在他总统任期的最后一天大赦一百四十人,其中就包括躲在瑞士的里奇。

我指控亨利·基辛格犯下战争罪和反人类罪，他上电视被要求回应，一下躁狂起来，气急败坏想转变话题，又告发我是个不承认纳粹大屠杀的人。（依照惯例，他也提到了特蕾莎修女，以及不知出于什么考虑，带上了杰姬·肯尼迪*。）这就让我有机会与他对簿公堂，而且——因为有证据开示环节——论证他是一个撒谎成癖且手段老道之人。考虑到我在已经发表的文字中对他的攻击，结果却是我首先诉诸法律，其中的反差显而易见。我能证明自己所说的都是真实的，而他做不到这一点，这也终究不太一样。（阿德莱·史蒂文森有一次对理查德·尼克松说："如果你停止散布关于

---

* 指杰奎琳·肯尼迪（Jacqueline Kennedy, 1929—1994），约翰·肯尼迪的夫人，一度的全球时尚偶像。在《投机遗孀》（"Widow of Opportunity"）一文中，希钦斯对她的批评可粗略概括为：她的天真是一种姿态。

我的谎言,我也可以不再揭露关于你的真相。"* 这句话说起来的确漂亮,但我无法做这样的交易,因为我的对手摧残了柬埔寨、塞浦路斯、智利和东帝汶。)

所以,这是个让人喜出望外的奇妙月份;可能是我人生迄今为止最好的一个月。(我同时完成了纪念奥威尔百年诞辰的研究。写他就不用像写上面任何一个人那样剑拔弩张了。)我给你列举了那些事不只为了吹嘘,虽然这也是目的之一。这样的一个月是种犒赏,可以补偿很多很多其他的月份:在那些月份里,我们似乎感到名人文化、公关渣滓、奸猾律师、伪政治家和神仆们能为所欲为。他们当然会回来的。他们永远在"回来",从来没有真的离开过。但他们并不注定胜利;最

---

* Adlai E. Stevenson(1900—1965),美国政治家,此句引言的原话是他在1952年的总统竞选中所说:"如果共和党停止散布关于民主党的谎言,我也可以不再揭露关于他们的真相。"当时竞选的对手是艾森豪威尔,但副总统候选人是尼克松。

后被证明是正确的人，也可以是你，而它会比那些正面报道或"媒体关系融洽"的温柔幻景要可爱得多。

希望在以下的书简中这些道理会显得更加有力，我也要再次感谢你最初能挑起我写下它们的想法。

克里斯托弗·希钦斯

斯坦福，加利福尼亚

2001 年独立日

序

随后书页上的文字是我尝试着接受一个挑战。挑战发起是在 2000 年初,有人问我能否给年轻人或心绪尚未安分之人一点建议,给出一些让他们规避幻灭的劝诫。在我纽约"新学院"[*]的学生中,以及在我做演讲的校园里那些酒吧和咖啡馆中,很多人依然保有已经不再时髦的希望,就是把世界变得更好,而且可以最大限度地过一种自己做主的人生(两者并不完全是一回事)。这样的对话

---

[*] The New School,成立于 1919 年的私立大学,以社科人文科目最为知名。

多年来以各种形式发生着,直到我开始沉重地感受到,每一毫秒都正把我标记成一个胡茬斑白的"soixante-huitard"*,见证过革命动乱最后一个明确可辨的时代——"les evenements de quatre-vingt-neuf"† 可算是这个时代的终点和高潮。接下来有人提议,我不妨用书信体表述和探讨这个话题;具体来说,想法定然借自莱纳·玛利亚·里尔克《给青年诗人的信》。我的第一反应是想起拜伦批评希腊人奴性的那首诗‡,有两句是:

君之里拉§,美名何其久远,
琴荒弦老,竟落于我的指间?

但我不少学生觉得这些信值得一写,或至少

---

* 法语,意为:六八人,指 1968 年在西方发生的革命运动。
† 法语,意为:八九之事,指 1989 年柏林墙倒塌等事件。
‡ 指拜伦长诗《唐璜》中的《哀希腊》("The Isles of Greece")。
§ Lyre,古希腊一种弦乐器。

能博人一笑也未可知。以下的书札我写给一个抽象的收信人，假设他或她可以代表他们全部。

01

需要一点勇气

亲爱的 X,

好了 —— 你问我激进派或者"叛逆"（contrarian）的人生应该如何度过，只让我觉得尴尬，觉得是种过分的恭维。这恭维过分在暗示我可以作为任何人的"榜样"，而照题中之义，单个的生命是提供不了任何范式的（而且，如果真是生活在反叛之中，那所谓"模仿"更是无从谈起）。尴尬则是在你提的那几个头衔上。说来也奇怪，这些你想要成为的人，我们的语言和文化居然没有合适的字词来形容。"异见者（dissident）太高贵，要靠实在的事迹来挣取,不能自封;它的含义更多在于牺牲与冒险,而不单单只是反对,而且有那么多无畏的榜样在前,让这个头衔不可亵渎。"激进派"(radical)倒算是个光荣的好词——我很多时候用的就是它——但它里面带着各种对于健康的威胁,我会在之后写信与你探讨。剩下的那些——"特立独行者""失控的大炮""反叛分子""愤怒的青年挑事者"*——都微微带着些亲昵和轻巧,或许也因此有种居高临下的意味。这些词似乎要说,社会就跟一个宽厚的家庭一样,不但包容乖张之人,甚至还有些宠爱。即使像"传统破坏者"(Iconoclast)这样的词也很少是贬义的,往往暗示打破偶像作为释放精力的途径并没有什么坏处。甚至还有些冠冕堂皇的说法来褒扬这种性情,最新的一种叫作"思维不受条条框框所限"(think outside the box),大概

---

* 原文依次为:maverick, loose cannon, rebel, angry young man, gadfly。

认为这也是种优点。我自己则希望我能活到从"坏小子"——我曾经的确是——变成"老顽固"。一旦入土，谁还管他"后世无限同情"——这个说法是 E. P. 汤普森创制的*，在我少年时，在离经叛道上他已经是个老兵了。

当然了，冲出"条条框框"太远，迎接你的那组语汇就没有那么"包容"了；这时候的关键词成了"极端分子""闹事者""不容于社会之人""愤世嫉俗者"†。但在这两种态度中间，我们还能找到无数自鸣得意的回忆录，用逆流而上‡或者逆势而行这样宽泛的词作为书名。（哈罗德·罗森伯格§描绘和他一起的那些"纽约知识分子"，

---

* E. P. Thompson 在其著作《英国工人阶级的形成》(*The Making of English Working Class*) 的序言中，用这个说法批评后来者把工人阶级只当作历史前进的牺牲品，指出他们是自主的。

† 原文依次为：fanatic, troublemaker, misfit, malcontent。

‡ 此处原文为斜体字，本书中相应采用仿宋体字，以作强调。后同。

§ Harold Rosenberg(1906—1978)，美国著名艺术史学家、批评家。

曾经用过一个集体称谓叫"一群独立的思想"*。）

与此同时，娱乐工业所提出的无止境要求也在剥夺我们一些其他的批判风格，以及对这些风格的鉴赏力。如今把某人称作"讽刺家"（satirical）或者"反讽家"（ironic）也带有某种俯就的同情意味；讽刺家只是语速过人的犬儒，而所谓反讽家，要么只是讽刺家被错认了，要么指的就是那些自贬自嘲或自作聪明之人。"反讽"本是个珍贵到无可替代的词，但要是我们不加甄别，只当它等同于"泯灭一切社会准则"（anomie），那创造力可以施展的空间就所剩无几了。

不过，我们不要抱怨。一个真的会让"异议者"（dissent）吉祥如意的时代是不会到来的。大多数人，大多数时候，总是更愿意选择安全，选择被认同。对此我们也不用觉得意外（顺便提一

---

* 原文为"the herd of independent minds"，herd 用于形容人群，有贬抑、讥讽之意。

句,这两种欲望本身也并不可鄙)。只是,在每个时代,都有一些人以某种方式感到自己与众人异。要说这些人对整个人类有恩,不算夸大其词,不管后者是否承认这份恩情。(也不要期待被感谢。一个反对派的生命艰难一些理所当然。)

我刚才差点就想用"持异议者(dissenter),只是它里面有太多宗教和宗派的含义,否则作为定义倒很合适。"自由思想者"(freethinker)也是同样的问题。但后者大概更胜一筹,因为它所表达的一点触及本质,那就是要独立思考。独立思考者的关键不在于他想的是什么,而是他如何想。"知识分子"(intellectual)这个词的始作俑者,是当初法国那些相信阿尔弗雷德·德雷福斯上尉有罪的人。他们以为自己在捍卫一个自然、和谐、有序的社会,让它不受虚无主义的荼毒,把这个词带着鄙夷用在那些他们认为腐坏的、顾影自怜的、不忠的、不健康的人身上。即使是今天,这个词还是没有完全摆脱上述联想,虽然用来骂人是没有那么频繁了。(另外,像"托利党""印象派""主张妇女参政权的女子"起初都是用来辱骂和嘲讽的,但一些被攻击的对象却骄傲地将它们收为己用了。)一个人要声称自己是个"知识分子"还是有些尴尬,就像自称"异见者"一样,但埃弥尔·左拉这个人物是种鼓舞,他为公正而发起的非凡运动是又一个不可磨灭的例证,告诉我们一个人单枪匹马能完成怎样的事。

事实上,要为那样一位含冤者辩护,并不需要左拉动用多少知识分子的才智。首先,他可以用到小说家在处理社会背景时的法理知识和新闻手段;这样一来,他已经拥有了无可置疑的事实。但光有事实还不够,那些"反德雷福斯者"的论断并不真的建立在被告是否有罪上。他们公开宣称,为了国家,最好还是不要重启案件;否则只会驱散公众对于秩序和制度的信心。为什么要冒这个险呢?而且说到底,为一个犹太人更不值得。于是,若要支持德雷福斯,不仅会被指称罔顾事实，更会被认为用心险恶、不爱国、没有信仰；这足以让不少小心的人避而远之。

古罗马有句谚语：Fiat justitia — ruat caelum. "行正义之事，管他天崩地裂。"每个时代都有一群人会提出这样一种论点，即"更高利益"——比如，族群的团结或社会的凝聚力——高于公平和正义。个人，或真理，不可以为了"秩序"这类假定的好处而牺牲，本算是"西方"文明的一条自明之理。但实际情形中，类似的献祭却屡见不鲜。纵使人们对那些崇高远景口头上效忠，但个人的反抗和大家想要平安度日的本能冲突，结果还是一样的。任何一个坚持人本主义的严肃激进派都可将埃弥尔·左拉作为榜样，他所坚持的不仅是不可剥夺的个人权利，而且他把教权主义、种族仇恨、军国主义以及对"国家"和政权的盲目崇拜，都纳入他的抨击范围之内。1897 至 1898 年期间，左拉用那些尖锐却又才情洋溢的书信掀起的运动，可以说为翻搅二十世纪的大多数重要对峙拉开了序幕。

人们已经忘记,在向共和国的总统发出那封最有名的信——《我控诉》(*J'Accuse*)——之前,左拉还写过公开信给法国的青年,以及法兰西这个国家。他没有让自己只是控诉腐败的精英阶层,而是举起镜子,让公众舆论看到自己的丑陋模样。他先是跟年轻人忆起当年的光荣,曾经拉丁区*声援波兰、希腊的光荣往昔,然后写到自己为那些支持德雷福斯有罪的学生感到不耻:

> 我们的年轻人之中居然有反犹分子?这么说他们真的存在,是吗?这种愚蠢的毒药真的已经颠覆他们的心智,污染他们的灵魂?这对于即将到来的二十世纪是多么让人哀伤和不安的因素啊。《人权宣言》一百年之后,在展现了那样卓绝的宽容和自由的一百年之后,我们居

---

* Latin Quarter,位于塞纳河南岸,巴黎大学等高等学校和许多科研机构均设于此,是大学生、学者和艺术家的麇集处。

然又回到了宗教战争,回到一种最为可憎和愚昧的狂热中去了。

描绘这种病态的道德氛围时,左拉用了一个让人震撼的意象:

> 一种可耻的恐惧统摄一切,最勇敢的人也成了懦夫,没有人敢直言心中所想,怕被控告成卖国贼或受贿者。一开始还能为正义挺身而出的寥寥几家报刊,现在也匍匐于读者身前的尘埃中……

他在致法国的公开信中回到这个主题,呼吁他的同胞三思:

> 你们有没有意识到,大众的看法如此郑重而顽固,正是危险所在?一百家报纸重复着一种论调,即民众不希望德雷福斯是清白的,他

的有罪对于保障国家安全是必需的。你知不知道，有一天当权者再次利用这种诡辩去掩盖真相，有罪的可能就成了你自己？

在剖析社会时左拉下笔从不抽象，他展示了不安的暴民以及他们对于"强人"和军队的讴歌之间，其实几乎是一种施虐受虐的关系：

> 检视一下你的良心。你想捍卫的真的是并未受到任何攻击的军队吗？还是你突然觉得需要颂扬的，是军人手中的那柄剑？
>
> 说到底，你体内流淌的还不是共和国的血；见到军盔上的羽饰依旧让你心跳加速，在我们中间不可能再有帝王，但你心意依然向往……你所想到的并不是你的军队，而只是那个让你动心的将军。

在我看来其中最犀利、精准的是左拉对于宗

教助纣为虐的谴责：

> 你知道你脚下的道路还通往哪里吗，法兰西？它通往罗马的教廷。你最伟大的儿女曾与褊狭和神权做斗争，现在你却要回头朝那个方向走去……今天，反犹主义者的战术很简单。天主教成立工人俱乐部，发明一条条朝圣之路，但他们已经无法再影响民众了，已经无法再将他们赢回到圣坛之前。这个问题似乎确凿无疑地有了定论，教堂依然是空的，人们已经抛弃了信仰。但你再看，形势转变带来了新的机会，可以让他们感染上对于犹太人的愤恨；而一旦狂热的病毒传开，他们会吼叫着"打倒犹太人！消灭犹太人！"冲上街头……当法国人被转变成了狂徒和施虐者，当付出那么多代价换来的宽厚和对人权的爱从心中连根拔起，毫无疑问剩下的事情交给上帝就行了。

抒发得如此精湛的 saeva indignatio*，恐怕斯威夫特本人之后就再没有见过。所以，等左拉在《震旦报》(*L'Aurore*)头版把收信人定为总统菲利·福尔之时，那只是给他的诉讼状做了些小小的查漏补缺而已，他控诉的是一整个反动团伙所犯下的双重罪——既陷害了一个无辜的人，又放过了一个罪犯。（当局者喜欢把此类事称为司法"不当"†，如此中立，如此文雅，但我们要永远当心，冤枉一个无辜的人，不言而喻就已经在替有罪之人开脱。这是堕胎，而不是流产。）

如果你读左拉读得仔细，那么对于之后——从凡尔登到维希——席卷法国乃至整个欧洲的种种愚蠢和罪行：例如假公审‡、拘留营、阅兵和永

---

* 拉丁文，取自斯威夫特在自己墓碑上所作的诗文，可译作"凶残的怒意"。
† 原文为 miscarriage of justice，意为"错判、误判、司法不当"，miscarriage 字面意思为流产。
‡ Show trial，也译为"摆样子公审""公审大会"，出于宣传目的而举行的公开审判，判决结果预先已确定。

远正确的领袖等,就不会那么惊异了。你也更能明白,为什么罗马教廷现在像是每天都要炮制些新的说法,掩饰自己过去对犹太人、新教徒和非信徒的所作所为。而要领会所有这一切,只需要一个坚定、有原则的人实践自己说"不"的权利,而且在被告席中(我们常说在"法庭上",也同样太"中立"了)立场不改,就像左拉做到的一样。

另一条源远流长的道理是,虽然勇气不能算最重要的美德,但没有勇气,其他美德也无法践行。于是讨论就不仅仅只限于"智识"了。伽利略的发现或许推翻了基督教传统中沾沾自喜的宇宙观,但刑虐的工具一出,他立马放弃了自己的主张。日月星辰自然是不怕被他抛弃的,不管梵蒂冈怎么说,行星依旧围绕着太阳旋转。(伽利略念完声明,可能低声补了一句:"epur si muove."——"它依然在转。")

不过,伽利略的楷范作用,不体现在他违抗教派的勇气,而在于不问结果的探求之心。其他人必须替他勇敢，就像左拉替德雷福斯所做的那样。（顺便提一句，我们现在似乎越发确信，左拉是被人谋杀在自己床上的，而不是失火再加烟囱恰好被堵塞；伟人大多不在自己的时代和国家里被尊崇，这又是一个例子。）

我时常想起一个已故的朋友，罗恩·莱登诺尔（Ron Ridenhour）；他参加过越战，因为收集、披露了1968年3月美莱村大屠杀的证据，还曾一时间小有名气。"自己"的一方在战争里做错了事，这个结论谁都很难面对。保持沉默、集体主义都是实在的压力，因为一旦表示异议，很快就会被指责为怯懦或变节。"背后捅刀子""给敌人提供弹药"这样的阴毒短语，最初怕就是在这样的抉择中产生的，而且永远可以用来让人不敢打破一致。莱登诺尔抵住这种压力，坚持美国的军人和百姓都要遵守通行的战争法则，很多比他更少后顾之忧的人应该为此感到羞惭。他曾告诉我，自己成长在亚利桑那州一个穷苦的白人家庭，一家的老实孩子，少书卷气，没有书生的多愁善感，可能也塑造了他的性情。他回忆自己作为一个没有受过什么教育的新兵躺在床铺上，偶然听见几个战友正筹划着夜里要如何欺负一下营房里唯一的黑人士兵，这是后来所有事情的开端。罗恩坐了起来，只听得自己说道："你们要这么干，得先把我放倒。"很多时候，个人的决心能击溃乌合之众互相怂恿而来的所谓勇气。但不要忘了，在关键时刻到来之前，他完全不知道自己会那样行事。

我曾经有幸见过、采访过几个其他国家和社会中勇敢的异见者。他们的事业（从某种意义上是事业选择了他们，而不是被他们选择）不少可以追溯到早年的一件小事，当时他们所选择和坚持的立场几乎都是不由自主的。有时候，是他们收获的某条箴言扎根在了心里。伯特兰·罗素在自传中说他祖母是个严厉的清教徒，"给了我一本《圣经》，扉页上抄着她最喜欢的经文，里面有一句是：'你不可随着众人作恶。'她对这句话的看重让我在之后的人生里再没有惧怕过成为那'极少数人'"。未来敲打基督教的大锤当年是这样接受"洗礼"、确立"信仰"的，让人感慨。这也证明了在最意外的地方也可能出现可靠的真理。

一位日后的异见者接受"洗礼"往往是在某件偶发之事上，很多是下意识反抗欺凌或偏见，有时是挑战师长的愚昧；这样的反应与其说是被灌输的，我们倒更有理由相信那是种与生俱来的本能：危急关头到来之时，尼克尔贝自己也不知道他会替斯麦克出头*。乔姆斯基忆起年轻时听到广岛毁于一夕之间，只想走开、独处，因为身边无人可供他倾吐心声。想到这样的反应是天生的，对我们是种鼓舞，因为我们就能确信这样的事情还会不断发生，

---

* 狄更斯《尼古拉斯·尼克尔贝》(*Nicholas Nickleby*，或译《少爷返乡》)中，尼克尔贝为斯奎尔斯校长工作，却发现他虐待学生，其中一个就是头脑愚笨、身体虚弱的斯麦克。斯麦克逃跑被抓回，正要被毒打之时尼克尔贝出手相救，还将斯奎尔斯暴打了一顿。

不管有没有榜样或训诫故事去传播。

或许你，亲爱的 X，在这些事例中读到了你自己的影子；或许性格里对于专断的权威和盲目的大众或多或少总有些抗拒，或许是某个自由的心智打磨出了精妙的语句让你心有戚戚。如果是这样，那就让我们继续通信，就在你恭维我，希望从我的经历里学到东西之时，其实我也可以从你的经历中收获新的体会。现在，我只提醒一点，那些犬儒主义者看轻"把说'不'当饭吃"的人，或许也不是完全无意义的。做一个反对者并不是信仰虚无主义。要以此为生也找不出任何有章可循的体面途径。这并不是你做或不做的事情，而看你是或不是这样的人。

02

不得不写

我觉得在里尔克的指引下促成这件事让人心生喜悦,不但让我出发时有了一个我本没有资格陪伴的同行者,而且这样的人我平时也甚少交往。同时,这也给了我一些可以回应的东西。当然,我钦佩里尔克那些书信的精微文采,虽然那种优雅的态度和体贴、多礼的口吻让我不免认为过于温厚了。(对方的诗显然不甚高明,他本可以评判得更明确些。)另外,1914年将至之时,人们有种略带病态的天真,那样的气息也似乎夹藏在这些信件中朝我们飘来。(乔治·丹杰菲尔德*写过一本了不起的书叫《自由英格兰的离奇死亡》,对此——特别是对鲁珀特·布鲁克†那种阴柔风格——有鞭辟入里的剖析,我强烈推荐你去读一读。)

对于里尔克的诗歌和散文我也可提出类似的批评,德国理想主义浪漫派有这样一脉,下笔再怎么谨严,我也依然无法全心认同。一旦别人提起种族、国家就好比这些东西有性格、有灵魂、有归宿,我立马就会生出争辩几句的冲动。另外,里尔克对于和宗教相关的精神活动,过于一厢情愿。他的确是从自己的导师奥古斯特·罗丹那里明白了艺术可以成为一种宗教活动,而诗歌也可以如雕塑般精确。但最好还是直接去读斯宾诺莎,

---

* George Dangerfield (1904—1986),英裔美籍记者、历史学家,曾任《名利场》杂志文学编辑,以其历史著作《自由英格兰的离奇死亡》(*The Strange Death of Liberal England*)闻名。
† Rupert Brooke (1887—1915),英国诗人,以求死之心参加"一战",爱国诗歌以其浪漫情绪保存了当时的民族感受而传世。

而不止于这个略显矫饰的二手版本。

里尔克自己在生活中就展现了这种浪漫派理想主义的危险之处。比方说,他跟邓南遮和马里内蒂*那些准审美家一样,倾倒于墨索里尼的魅力。他讨厌心理分析,对弗洛伊德尤为憎恶(他在私人信件中写到犹太人,可远远称不上友善)。最关键的——这对于我来说可谓是决定性的考验——他对"反讽"颇有些质疑。比如他给青年的信中写道:

> 不要被它控制,特别是在创造力不足的时刻。当你有足够的创造力,试着用它,把它作为把握生命的又一种方式。一旦用得纯粹,那它就是纯粹的,你不用觉得羞愧;但如果你觉得它变得太随便了,开始为此担心,那就转向伟大而严肃的东西,相较之下,它就变得渺小而无益了。向**物**†

---

* Filippo Marinetti(1876—1944),意大利诗人、文艺理论家,1909 年发表《未来主义宣言》,是未来主义的右翼代表。
† 原文单词首字母大写,本书中相应采用加粗字体。后同。

之深处探索：那是反讽去不了的地方——而当你接近伟大，你就可以知晓这种体察世界的方式是否是你的存在所必需的。因为在严肃之物面前，它要么离你而去（如果本就是偶然为之的），要么（如果它真的是与生俱来的、真正属于你的），它会变得强大，变得严肃，成为你塑造艺术的工具之一。

可能因为我是英国人的关系，但这种将**抽象概念费力加粗**的习惯*，以及与之相辅相成的同义反复，都让我立刻想起伊夫林·沃的中篇《被爱之人》（*The Loved One*）的一段：答疑专栏里有人问到如何克服咬指甲的习惯，专栏作家问自己的助手，"上次我们如何回答的？""对**美**的冥想。""让她继续冥想。"反讽可没有那么容易贬谪。（里尔克接下去几乎是带着调皮向我们吐露，他有两本不离身的

---

*　原文为"首字母大写的习惯"。

书,"一本是《圣经》,一本是丹麦大诗人扬斯·彼得·雅各布森的作品"。雅各布森的小说《内斯·律纳》*极好,弗洛伊德和托马斯·曼对它的推崇都很有道理,可以说是丹麦的"少年维特",但里尔克的虔诚让他对这部小说的推荐失色不少。)

相较而言,里尔克给渴望写作的青年人的建议或许有些修饰太过,但见地透彻至极:

> 你只需做一件事。深入你的内心。找到那个驱使你写作的理由;看它是否已在你心里扎根;坦诚地回答自己:如果被禁止写作,是否宁愿去死。此事最为重大;在夜阑人静之时,扪心自问:我是否必须写作?深掘内心去寻找

---

* 扬斯·彼得·雅各布森(Jens Peter Jacobsen, 1847—1885)1880年出版的小说,描绘了内斯·律纳永远在幻想和实际间徘徊的孤独的一生,其中有个很重要的主题是主人公因为亲人的逐一离世而感受到生命的空虚和上帝的缺席,在当时自然是颇让人侧目的立场。

解答。如果回答是响亮而肯定的，如果面对这个问题你可以强硬而简单地说一句"我必须"，那么就围绕着这种"必须"去建设你的人生吧……

虽然辞藻没有如此华丽，但我多年来告诉写作班学生的也是这个意思。你必须觉得你不是想写，而是不得不写。强调这个区别是有意义的，因为在内心中想要成为一个放逐者、异议者，决定让生命与社会构成某个陡峭的角度，都与那种渴望和需求相关——这种关联当然很朦胧，但依然是某种关联。

里尔克的另一个正面、积极之处在于他对厄洛斯*的态度。他对性的体悟很敏锐，知道它既是一种让人自由的力量，也是对于死亡种种可恶联想的

---

* Eros，希腊神话中的爱神。泛指性爱冲动。在弗洛伊德的理论中，也指生命的本能，与后文提到的萨纳托斯（Thanatos，死神）——自我毁灭的愿望——相对。

最好反驳。马维尔*那些玄学派诗人的光辉岁月之后，里尔克那七首所谓"生殖崇拜诗"可以说是最好的非关爱情的诗作；它们公开宣称，性交是它自身最好的理由。里尔克在《信》中没有那么张扬，但罗丹会为他感到骄傲的；那些诗歌中的确有些雕塑的意思在。它们写在"一战"的第二个冬天也并不偶然；面对肆虐的塔纳托斯†（里尔克明白这一点，他把战争的到来视作文明的灾厄），总该说些什么，做些什么。里尔克的方案是在私下里推举性爱激情，而在公开场合，作为一个出生在布拉格的德国人，一方面确认自己的斯拉夫身份，另一方面宣扬自己的世界主义，用法国人的堕落口吻写那些会让乌兰德‡之流生气的作品。这让他日后在法西

---

* Andrew Marvell（1621—1678），英国著名玄学派诗人。
† Thanatos，古希腊神话中的死神。
‡ Johann Ludwig Uhland（1787—1862），德国诗人，施瓦本浪漫诗派重要代表。他的诗作有很大一部分抒发德国民族主义情感，其学术研究和政治活动对建立德国文学地域性有一定帮助。

斯问题上的糊涂更让人难以接受。

但矛盾是不可或缺的：很多我最喜爱的英语诗人，从吉卜林到拉金，尽管在道德上倾向于保守主义，甚至是它最极端的形式，但依然——有时正是因为这种倾向——写出了耀眼的伟大诗作。正因为读过他写寂寞，写如何拥抱而非惧怕它，我愿意接受喜爱里尔克诗歌所带来的种种挑战；而要塑造一种激进和批判性的人格，意识到这一点也是不可或缺的。里尔克让我能涉及宗教和拜神导致的必然失望、语言的至关重要、部落主义和世界主义间的对抗、中欧的命运、至今仍未摆脱的"一战"流毒、弗洛伊德的影响，以及不断要重提的反讽的重要。这些题目应该可以聊不少了。

03

争斗是万物之源

收到你的上一封信,我正在读阿道司·赫胥黎的文章;"美丽新世界"这个概念正是出自他之手。阅读时标记了一段话,请允许我抄写在这里:

> "荷马错了,"以弗所的赫拉克利特写道,"荷马说:'让那争斗在天上和人间消失吧!'他错了。他没有意识到自己所祈祷的是宇宙的毁灭;要是他愿望成真,世间的一切都不复存在。"这几句话值得那些过了头的人道主义者好好琢磨。追求一种极致的和谐,也就是追求一切湮灭。印度人足够聪明,也足够勇敢,看清

了这一点；他们奋斗的目标——涅槃——也就是"无"。只要有生命存在，那里总有龃龉、分裂、争斗。

你似乎已经明白了一点，就是那些相信"意见统一"（这头怪兽顶着不少脑袋，这只是命名了其中之一）就是最高价值的人都有些笨。为什么我要用"笨"这个有些侮辱性的词呢？我有两个似乎还行的理由；第一个是我认定人类其实并不渴望住在思想的迪士尼乐园里，他们并不真的追求终止一切争斗，活在一种心满意足的幸福感中。这种"笨"的确带有贬义，雅典人最早用这个词语气要轻一些，idiotis 的定义是那些对公共事务漠不关心之人。

我第二个理由则不只是直觉。即使我们真的抱持那样的渴望，万幸那样的状态也是达不到的。战争以及竞争和妒忌的其他形式造成了巨大的无谓损耗和骇人伤亡，同为一个种族，我们当然为之感到痛心，但这并不能改变这个事实：我们是靠冲突进步的，而精神也是靠争辩才能成长。辩证法可能在某种程度上受累于它的鼓吹者，但这并不意味着我们就可以否定它。要制造火花，只能依靠冲突和抵抗。你或许听到过某些评论者洋洋自得地表示，辩驳只能"擦出些热量，但光芒黯淡"。你肯定被教导过，真理不在两头，而只在"中间某处"。我觉得我也能大胆认定，你曾经听过一句人们津津乐道的话，大致就是事情并不是非黑即白的，而是不同程度的灰。

作为回应，可否让我奉献几条我自己的看法？我们知道物理学有条定律，热量产生光，即使它不是光明唯一的来源，也是最主要的。把太阳调到室温，不但光线会减到所剩无几，难免还要让人着凉。所谓真相从不撒谎，但如果它真要骗人，我想那谎话也一定是落在"中间某处"的。在有些严肃的问题上，并不需要层层剖析它的微妙之所在；没有人想要综合真与假，太阳也不会今天从东边升起，明天换个地方。而说到"明暗对照画法"，所谓的光亮与阴影，虽然是陈词滥调至少还有些艺术感。（几年前在葛底斯堡观看他们重现南北战争，我在笔记本里写道，那些穿着灰衣*的人，思维却被训练成非黑即白。）黑色和白色都不是真实的颜色，可要这样说的话，灰色也不是。

同义反复永远潜伏在周围，准备吞没你。希腊神谕宣称最高智慧是"凡事不可过头"；当代人译得粗糙，说"万事讲求中庸"，其实不完全是同一个意思。希腊风格向来低调地注重对称和平衡，让人叹服，但要是平衡被打破，秩序崩乱，那又该怎么办呢？那个时候"中庸"还有用吗？要不是约翰·布朗[†]生性狂躁、极端，视所有妥协为耻辱，葛底斯堡的**灰色**军队根本就不会参战，更不

---

* 美国内战中北军军服为深蓝色，南军为灰色。
† John Brown（1800—1859），激进派废奴主义者，1859年在弗吉尼亚州哈珀斯费里的黑奴间发动武装起义，被逮捕并处死。两年后美国内战爆发。

会被打败。相信你也能想到不少其他的例证。

如果你很在意和睦与客套,那你最好也装配起辩论和斗争的武器,因为如果没有防备的话,你的"中心"就会让你不能决定之事占据和定义,你甚至不能决定你的"中心"是什么,该放在哪里。

我有一次到了孟买城外的浦那,在某静修处冒充过一段时间僧人,为的是给BBC拍一部纪录片,拍的是那时候一个叫巴关·希瑞·罗杰尼希[*]的灵修大师。他的信众数量可观,依靠富足的西方人和欧洲小皇室赚得盆满钵盈。这整个当然都是场骗局——天庭派来督导迪斯科哲学[†]的使者,是全世界收藏劳斯莱斯最多的人——但我记得最

---

[*] Bhagwan Shree Rajneesh(1931—1990),这三个词分别是"神""伟大""王"的意思。1989年又改名奥修(Osho,意为"海洋");他所创立的奥修运动在很多国家被定为邪教。

[†] 罗杰尼希的所谓"冥想"有很多伴随音乐的激烈肢体动作,形似癫狂的集体舞蹈。

清楚的还是那天早上和这位无上智者的达显*。在加入集会之前,有两位美到让人心中郁闷的加州姑娘,穿着如火焰般赤红的和服,从头到脚把你嗅一遍。这是为了保护巴关:大师也有凡人的苦恼,照他弟子的说法,"对某些物质过敏"。这两个迷人的嗅探者本来应该找的就是酒精和烟草的气味,我每天早上一定都是恶气熏天,却从未受阻于她们严苛的测试。但在每个玫瑰色的黎明,让我觉得过敏的是入口处一个巨大的标识,这里也是你要丢下鞋具的地方:"请把鞋子和头脑留在门外。"这当然很可笑,可一旦有了强制力,它就有机会作恶,罗耀拉† 的耶稣会训谕 Dei sacrificium intellectus‡ 就常常发挥那样的作用;那是一种傲慢

---

* Darshan,印度教用语,因为见到伟大人物或壮观场面而沾光、得福。
† St. Ignatius of Loyola(1491—1556),西班牙教士,原为军人,1534 年创立天主教耶稣会。
‡ 拉丁文,意为:为了上帝牺牲知性。

且忘乎所以的欲望，想要在朝偶像跪倒时也摧毁心智。

几大宗教描绘天堂时总力有不逮，这一点经常被人指出。它们展现地狱时文采要好得多。基督教早期的一位教义学者，德尔图良*，甚至借用地狱的栩栩如生来帮忙塑造天堂。他认定天堂的一大至乐，就是欣赏那些罚入地狱的灵魂所受的苦。这种入了天堂依然不脱凡心的论调至少还有些聪明；而其他的说法缺陷都相仿，那就是没有人会真的渴望瓦解自己的知性。而思维的愉悦与奖赏，同焦虑、疑惑、矛盾，甚至绝望，都是分不开的。

我很确信，你已经明白我正把你引向何处。我想把宗教和信仰这个问题放到后面一些，但收到我的上一封信之后，你的确问了我，是否年少时也有一件影响深远的经历。要说的话，的确有，虽然事情很小。当时我大概十岁，正在研读《圣经》的课

---

* Tertullian（160—220），迦太基基督教神学家。

上（我们当时称之为"神性课"，和每天去教堂一样都是强制的，那是我最喜欢的一门课，一直延续到了今天），老师开始歌颂神创造出来的大自然。她说，树木和植被都是绿色的，这多美好啊，那是对眼睛来说最舒服的颜色。想象一下要是树林和小草都是紫色的，或者橘色的，那会是什么样子。我那个岁数对叶绿素和光合作用一无所知，更没听说过什么"设计论证"*，以及"神造说"和"进化论"之间的论争。我只记得当时用我稚气、有待发展的大脑皮层想道：您别犯傻了。

也因为这件事，我对两点深信不疑。第一点，即使是没有受过教育的人，不管是深陷于过去的神权专制，还是今天更现代化一些的极权统治（若要深究，也未必是后者更现代），他们都有内化的抵抗力，就算不是独立思考而来，至少这些想法

---

* Argument from Design，基于宇宙的终极设计、目的或意图的假设而论证上帝的存在。

也会自动产生于他们的头脑中。过去的经验可以作证,因为当独裁统治崩塌之后,这样的人似乎都一个个凭空出现了。不过我相信用归纳法推断也能得出一样的结论。*

第二点,也是第一点的推论,那就是我们天生并不会渴望一种朦胧的、迷幻的无忧之境,而把批判和反讽的能力作废。如果你能想象出经书里责令我们达到的状态,那种无穷无尽的歌颂、感激、崇拜,那么你也就见到了一个如地狱般空洞和顺从的世界。如果你能想象一种极乐的状态,里面有永恒的幸福与和谐,那么你就已经见到了乏味、无意义且一切都按部就班叠加在一起是什么样子,纵然赫胥黎才情盖世,也只能描绘个仿佛。只有一处神圣的文字里提到"幸福"而不让人觉得尴尬。但即便在1776年,敢于提到"幸福"也不过是把它当成艰苦奋斗的目标,彼时那样的

---

* 原文如此(induction),似应为 deduction(推论、演绎法)。

奋斗才刚刚开始。那个美好的词——"追求"——不管怎样解读,也只有放在那样的上下文里才不显得空洞。

我最后要说的这句,恐怕以后还有机会再提,那就是:永远留意语言。

04

保持怀疑

你的回信让我大为振奋。的确,愚昧、迷信和不受约束的权力胜算很大,让人心生疑惧,而且常见到大段的历史中,似乎这些力量从未遭到真正的挑战。但同样不可否认,人也有种无法抹杀的本能,就是能看透这些专制暴虐,看到当下境况之外的远景。也可以这么说,不公正、不理智是人类生存的必然成分,但对它们的挑战一样也是注定的。在维也纳的西格蒙德·弗洛伊德纪念碑上刻着一句话:"理智之声虽小,但非常坚定。"哲学家和神学家对这句话的考量和解读各有不同,要么说我们受到神置于我们心中的"良知"感召,要么说——就像亚当·斯密所言——我们随身背着一个隐形人,见证着我们的想法和作为,而我们则竭力想赢得这位高贵的旁观者的好感。我们并不一定要相信这两种说法;只要知道这种内在的心性确实存在就够了。但我们还必须加上一个限制条件,那就是虽然可以假设这种精神隐伏在我们每个人的心里,但很多时候它也只是如此——隐伏着。它的存在并不一定导致任何改变,要想催化反应或制造普罗米修斯般的时刻,一个人必须决定不再做这种声音被动的聆听者,而要成为它的代言人或示范者。

你要我提供一些能鼓舞人的例子。有些话只适合放在活泼的海报上,或者被引为昂扬向上的座右铭,我不愿供应这样的口号。还是那个意思:重要的不是一个人思考的内容,而是他思考的方式。不过,一些人类智慧的灵光确实超越了"仅为反对而反对",让我们知道有一些先辈是如何面对比我们现在严酷得多的考验。

马丁·杜·加尔*的《陆军中校德莫默特》里，阿兰说：首要的准则——他称之为准则中的准则——就是对人心所向保持警惕的艺术。你注意到他把这件事称为"艺术"：仅仅把自己放在一个怀疑大多数人的位置，以此作为信条，甚至骄傲的资本，是不够的，那样容易坠入势利和冷漠。但很多时候，人们的确不只是愠怒地承受着传统和教条，而是很恳切地依附于那些幻想和偏见。比方说，和一个虔诚的宗教信徒争辩时，你会注意到他把自尊也牵涉在议题之中，你要他承认的只是论述中的某个不通之处，对他来说却远不止于此。发自肺腑的爱国者和敬慕皇室、贵族的人，也是一样。忠诚在人类活动之中是个强大的因素；如果一个人相信自己所受的束缚是光荣和自愿的，就不会接受你把他当作一个心灵上的奴仆。

---

* Roger Martin du Gard（1881—1958），法国小说家，诺贝尔文学奖得主。

提醒了这一点之后,我要转述已故的卡尔·波普爵士的一段见解;他自己在论辩中也时而听不进反对意见,但他依然明白,即使只是为了争辩本身而争辩依然很有价值,甚至是不可或缺的。他发现,论辩两方若势均力敌,到最后很少会出现一方被说服或"转变信仰";但双方在一场真正的辩论之后,立场毫无变化的情况也同样罕见。退让、加工、调整都会出现,一些立场虽然看上去"未改",其实已经做了不少修正。即使如冰川般不灵活的"系统"也不例外。("Plus c'est la meme chose," 就像伊萨克·多伊彻很有远见地评价曾经那个僵化的苏维埃共和国,"plus ca change."*)

这门艺术中的大师不谋而合的频繁程度会让

---

* 法语,意为:事情越始终如一,它的变化就越大。取自法国谚语:"一件事变化越多,它就越发是它自己。"Isaac Deutscher (1907—1967),波兰作家、记者;苏联问题专家。引用的这句话出自他对历史学家卡尔(E. H. Carr)对于苏联革命力量延续性的反驳。

你吃惊的。乔治·奥威尔说,告诉大家他们不愿听到的话,是最重要的职责。约翰·斯图尔特·穆勒(他居然是伯特兰·罗素的教父,这个巧合很迷人)说过,如果就一个重要议题所有人达成了一致,那么还是要找到一个反对者,听取他的意见,这点至关重要,否则大家会忘了如何为之前所达成的一致辩护。有人问卡尔·马克思最喜欢的警句,他说是"de omnibus disputandum"(怀疑一切)。有太多他的追随者却忘了这句话的精髓,让人遗憾。罗莎·卢森堡直接说,不能保障那些想法不同者的自由,就没有自由。约翰·弥尔顿在他的《论出版自由》中提出,不管你相信什么是正确的,都要把它放在那些所谓错误的论点面前,因为只有在一场公开公正的拼斗之后,观点才有资格取走"正确"这个头衔。弗雷德里克·道格拉斯[*]宣

---

[*] Frederick Douglass(1818—1895),非裔美国社会改革家、废奴主义者、演说家和作家,后成为马萨诸塞和纽约废奴运动的领袖,因其雄辩、犀利的演讲和著作闻名。

称，那些期待正义和真理可以不经斗争唾手而得之人，一定也有本事想象没有风浪的大海。

我给的这些例子，对于那些还没有体会到其中奥妙的人是起不了什么作用的。De te fabula narratur. 这些事都是关于你的：当你选择了那样的人生态度之后，不能忘记要学的永远会比要教的多，否则受害者只有你自己。所谓的教育者首先要接受教育。我有个很亲密的朋友在耶路撒冷，那个操行无瑕和笃信不移的原乡，所谓"圣城"，其神圣没有什么别的道理，只因为它毫不让人嫉妒地成为三个（极度分裂且自说自话的）"一"神教的"家园"。这位朋友名叫伊斯雷尔·沙哈克博士*；他多年担任以色列人权和公民权联合会的主席，所做的工作堪称楷模。沙哈克博士青少年时期在1940年前的波兰度过，之后承受了难以名状

---

* Israel Shahak（1933—2001），耶路撒冷希伯来大学化学教授，激进的政治思想家、作家和民权活动家，曾担任以色列人权与公民权利联盟主席。

的匮乏和离散，按说他的人生中没有一件事会让他对"分裂"和"混乱"有任何好感。但我有几次问他对某些事件的看法时，他平静而慎重地回答："可喜的是出现了一些两极分化的苗头。"这句论断里丝毫不含轻率之意；命运多舛，历经艰险，让他明白如果不让思想和原则光明正大地对抗，清晰就无从谈起。斗争可能是痛苦的，但没有痛苦的解决方案并不存在，追求这种方案只有一种痛苦的结果，就是抹杀思想的活力，消解意义；那是登峰造极的鸵鸟做派。

相比之下，我们每天会听到多少人无耻地列举放弃思考的好处。我们听不到坦荡的交锋，听到的只有一些关于"治愈"的空洞言辞。"团结"这个概念拥有巨大的特权，自然优于"分化"，而"分歧"则更是等而下之。每次听到别人批判"分化的政治"，我都会觉得一阵不适——政治的本质难道不就是分化吗？受过一点教育的半吊子参加的那些诡异教派，它们的目标就是要让你免受思维的痛楚，或号称用药可以消除焦虑。东方的宗教讲究涅槃和命定，重新包装之后在西方人这里成了心理治疗，陈词滥调和反反复复的废话也成了智慧。（安东尼·鲍威尔有一套让人赞叹的系列小说，叫《随时间的音乐起舞》，在描绘邪恶的特雷劳尼博士和他的追随者时，作者捕捉那种宗教祷文的愚蠢很是精准。他那个教派的内部人士互相见面时要说："一切的本质是真实的神性。"然后另外一个人要回答："幻象中的幻象治愈视觉之盲。"每次我听到有人在唠叨些什么**终极**、**绝对**、**超越**，或者其他需要大脑皮层自甘解散的范畴，我都忍不住想起鲍威尔的文字。）

王尔德说，一张没有乌托邦的世界地图根本就不值得打开。这种情怀很高贵，而且对葛擂硬*之辈和功利主义者们是一声响亮的斥责。但你也

---

* 狄更斯小说《艰难时世》中的人物，指只讲实惠、把生活看作现金买卖关系的人。

须记得，乌托邦本身也是一种专制，那些消灭痛苦、再无抗争的理念比它们表面上要险恶得多。这些**终极**和**绝对**都是对**至善**的追求，而**至善**在此处是一个潜在的专制主义想法。（你应该细读布莱恩·维多利亚*一本极好的书，叫《战争中的禅》，作者就是位佛教僧侣，但揭露了禅的顺从和纪律在战前日本帝国主义的形成过程中扮演了多么可怕的角色。）

在拒绝"至善论"的过程中，我也不希望你落到另一个极端上去，那就是错误地对人性采取一种听之任之的态度。我的朋友巴兹尔·戴维森[†]有一部了不起的回忆录，写他在巴尔干多年作为反纳粹战士的经历，他总结出来的一点是："你不

---

* Brian Victoria（1939— ），美国教育家、作家，尤其关注"二战"前后佛教与日本军国主义的关系，《战争中的禅》（*Zen at War*）为其代表作。

† Basil Davidson（1914—2010），英国记者、历史学家，著有数十部关于非洲历史和政治的著作。

能改变人性"是个懒惰的见解，不要认同它。他亲眼看见人性的转变——变得更坏了。是否也可由此推得——既然能转变，它自然也可以变得更好？但这也不一定：我们是哺乳动物，脑前额叶太小（至少在基因工程还没有更加发达之前），而肾上腺太大。不过，文明可以让人更愿意以文明的方式相处，而时不时地，它也的确做到了。只有那些想要改造同胞的人最后会将他们推入火堆，就像对待实验失败之后留下的废料。

至善论者和狂热分子（zealot）都宁折不弯；就我个人的经验来说，他们会因为回报降低而热情耗尽，又或者，借用桑塔亚纳*对于极端分子的定义，就是当他们看不到目标之后，会把狂热翻倍。要是你像巴兹尔·戴维森一样，发现自己正与可恨的国外侵略者作殊死搏斗，那么成为一个

---

* George Santayana（1863—1952），西班牙哲学家、美学家和文学批评家。

狂热分子倒可谅解，甚至不狂热倒有些不应该了。不过，这样残忍的考验非常罕见，而且那样的狂热到了一定时候也会作恶。要是你已打定主意做艰苦卓绝的长期努力，并让你的人生不受幻觉的困扰，不管这幻觉是你自己宣扬的或只是欣然接受的，那我建议你要学会辨识和避开那些狂热分子和那些知道自己一定正确的人。对于一个持异议者来说，披上任何信念的铠甲都不会比保持怀疑更重要。

05

会有一些艰难的日子

你又问我,这样的人生到底致力于完成什么样的目标?看来你还没太明白我的意思;我相信(我也希望自己已经表达过了),这样的人生本身就是值得一过的。但或许这只是暴露了变老这件事对我的影响。我之前提过"愤怒的青年"这个称谓或标签让人厌烦,很多与社会不相融洽的人就因为这个称号,被认为正处在愣头青们必须经历的某个"阶段"。这句话流行起来是因为约翰·奥斯本*的

---

* John Osborne(1929—1994),英国剧作家,以剧本《愤怒中回首》(*Look Back in Anger*, 1956)闻名,被视为二十世纪五十年代英国文学新流派"愤怒的青年"的代表。

一个平庸的剧——《愤怒中回首》，里面一个主角杰米·波特有一段自怨自艾的独白，念到一半时他突然喊道——总算也有一句不是全无所谓的废话："已经没剩下什么伟大而勇敢的事业了。"五十年代中期存在主义的焦虑价格虚高，那句话一下子引发强烈共鸣。

不用我多说，没过几年，几百万的年轻人就抛弃了"荒诞主义"，参与到了伟大——虽然不一定都勇敢——的事业中去，像民权运动、抗议国家主义的核武研究，以及终结印度支那的不义战争。我自己就"属于"那个时期，亲眼见证过很多真正激动人心的时刻。（没有你的特别要求，我不会讲我自己的经历；我知道听一个六十年代的激进分子回忆烽火是天底下最无聊的事情。）

在看上去富足而清醒的五十年代，没有人预料到后来的局面；我很确信对于那些有崇高理想，或者有任何理想的人，将来也会有供他施展的时代。但在1968年至1989年这段颇为漫长的时期里——也就是很多反对消费资本主义的革命者转变为"公民社会"维权活动家的时期里——有不少无为退让、滞塞不前的阶段。就是为了在那样的僵局和强权政治中求生，好几位重要的异见者发展出一套新策略。用一个词来说，就是决定采用一种"就如同"（as if）的生活方式。

这种决心听似温和，实则有深刻的颠覆和反讽作用，我从来不能确定到底谁是这个概念最初的作者。瓦茨拉夫·哈维尔当时还是一位边缘剧作家和诗人，生活在一个的确称得上"荒诞"的社会和国家里；他意识到传统意义上的武力"抵抗"在那个时候的中欧已经不再可能。于是，哈维尔提出要"就如同"一个自由社会的公民那样生活，"就如同"谎言和怯懦不再是爱国者的义务，"就如同"他的政府真正签署了那些保障普世人权的协议（实际上他们的确已经签了）。他把这种战术称为"无权者的权力"，因为即使一个国家可以禁绝几乎所有反对意见，但如果它真的要迫使别人赞同自己，想办法让它显得愚蠢总不会太难。你不可能百分之百地控制人类，即使一时之间做到了，也无法长久。所幸的是，任何人要达成这个目标工作量都太大了，尽管一个个控制狂依然在尝试。

我之前给你推荐过 E. P. 汤普森教授，大概也是在那个时候，他对很多相同的事情（冷战与核武军备竞赛有种病态而恐怖的联系）感到预警，虽然是经由不同的途径；他也提出我们应该"就如同"一个自由和独立的欧洲已经存在那般生活。直到现在，如此将这两位并置还是会让不少人觉得是种亵渎——汤普森倒是从来没有宣称他和哈维尔经受的是同等的风险——但从一开始，维护人权和裁减军备这两个运动事实上就是共生的，到最后也的确联系亲密。从当时很多"政治家"的回忆录中可以确定无疑地了解到，是那些顽固的、非暴力的文化和政治反抗让他们不得不重新审视自己的某些判断。这种过程经常要颠倒"反讽"与"照字面理解"之间的关系。当一国又一国的民众依靠围观和讽刺推翻了他们的荒诞统治者，那些"人民力量"的光辉时刻某种程度上可以追溯到1985年的菲律宾：独裁者马科斯伺机宣布"提前选举"，而选民也当真了。他们表现得"就如同"这场选举是自由和公平的，而且最后他们的确也让选举变得自由、变得公平。*（一个被遗忘的事实：当时的苏联驻马尼拉大使选择支持马科斯，可算是不祥之兆。）

还是要提醒，在我不经意间就重述起这些传奇时，就如同它们已经证明持异议者是正确的（当然它们的确能证明），就好像它们是不言自明的"伟大而勇敢"的事业（当然它们毫无疑问的确是）。但千万不要忘记，在那漫长而凄凉的岁月里，胜利似乎遥不可及。每一天，"就如同"的姿态都

---

* 马科斯在1985年美国ABC电视台的一档节目中宣布要"提前选举"，1986年2月5日投票，因为大规模的违规操作，引发抗议，发展为"人民力量革命"，最终推翻了马科斯政权。

必须刻意维持,直至日积月累感受到成效。很多"就如同"的最伟大的实践者——包括汤普森本人,和捷克斯洛伐克的弗兰蒂谢克·克里格*那样的人——还不够长寿,没有看到他们曾乐观、沉着反复排演着的剧目真正上演。

其他的例子还有不少。维多利亚时代后期,王尔德——他是这种姿态的大师,但绝不是只会故作姿态——决定要"就如同"他并不是活在虚伪道德的统治之下。在二十世纪六十年代初的美国南方腹地,罗莎·帕克斯(私下里已经努力排演过多次)决定在公交车上坐下,"就如同"这是一个勤奋工作的黑人妇女在辛劳一天之后最正常不过的事。在二十世纪七十年代的莫斯科,索尔仁尼琴的写作"就如同"一个学者是可以调查自己

---

* František Kriegel(1908—1979),捷克斯洛伐克共产党的重要人物,在"布拉格之春"中属于改革派,他也是捷政府领导人中唯一一个拒绝签署《莫斯科议定书》(在华沙条约组织侵略捷克斯洛伐克之后确认侵略行为合法性的文书)的人。

祖国的历史并发表他的成果的。他们中的每一个人，都是在"按章办事"，实则维系了一种反讽的态度。而我们现在看得清楚，每个案例中，当局都没有其他办法，只能粗暴应对，继而暴露其粗暴本性，到最后无一例外地被后世唾弃。只不过，这些都绝非必然的结局，要维系"就如同"的姿态，必然有万分为难的日子。

所以，（除了研习这些和其他的范例）我只能建议你试着培养一些这样的态度。在平凡的一天中，你还是很可能会遇见某种意义上的恃强欺弱或偏狭歧视，或者用拙劣的言辞收买大众情绪，或者是对权威轻微的滥用。如果你在政治上有依属的立场，也许会有人用某种见不得光的理由要求你说谎，或者说些半真不假的话，从而达到一些短期目的。每一个人都可以发明自己的一套应付策略；试着表现出"就如同"这些事情并不天经地义，也并不一定要容忍它们。

06

给敌人提供弹药

对以上书信再添一附笔:这样的行事方式一定会引来相反的观点(其中一些可能就出现在你自己的头脑中)。有些反对还颇能动摇心志。这有什么用?别人(或者你自己)会这样问。这个问题碰巧没有合适的答复。宇宙很可能就是荒诞的,而人的一生不管怎样都是倏忽而过;但这都不妨碍我们将"荒诞"这个词留给那些显然不合理或无可辩解之事。不要指望能改变人性,或者改变所谓共通的**人性**;这或许略有些同义反复,但没有大问题,因为**天性**是给定的。但即使接受了这个前提,也没有人会同意人类的态度或行为都是不能改变的。

另一些诱请你走向被动与默许的方式更狡猾，因为他们要你别忘记谦卑。你有什么资格评判别人？谁问你的意见了？别的不说，现在是站队的好时候吗？难道不该等一个更合适的时机？而且——说到正题了！——你难道不怕给敌人提供弹药吗？

有两篇我向来最青睐的文字，留在身边就是为了驱赶这样的诱惑。第一篇是乔治·奥威尔1945年11月写的，题为"穿过玻璃的玫瑰色"。当时红军刚刚"解放"大部分被纳粹占据的欧洲土地，在不少圈子里，任何对解放者的批评都被认为很不合时宜。奥威尔当时供职于《论坛报》，是一份社会主义报纸，但他们的维也纳通讯员却执意要提起苏联军队对这座城市的蹂躏和掠夺：

> 最近《论坛报》维也纳通讯员的报道惹来了一串愤怒的读者信，除了骂他是傻瓜和骗子，和其他一些可以说是例行公事般的控诉，还隐含了一层非常严肃的意思，暗示他即使知道自己要说

的都是事实，也该闭口不言。

一旦 A 与 B 互相为敌，那么只要攻击或批评 A，往往就被认为是在助长或怂恿 B。客观上来说，如果眼光不放长远，B 的工作的确常常因此简单了。于是，A 的支持者会说，闭嘴，不准批评，或者只做"建设性的"批评，后者实践起来则难免似贬实褒。这种论调再往前挪一小步，就会让掩盖和歪曲事实变成新闻工作者的最高职责。

那时战争结束不久，奥威尔列举纳粹在战争中聪明的宣传手段，极其生动地展现了这种过程：

在他们传播的内容之中就有 E. M. 福斯特的《印度之行》。据我所知，他们甚至不用篡改文字。正因为这本书本质上是真实的，纳粹的宣传部门就可以借它发挥。布雷克说过：

真相若带着坏心思

所有假话都难企及

一个人要是听到自己的言论在轴心国的广播里反咬自己一口,就知道布雷克那两句诗的分量了。的确,为不受欢迎的事业写作,或见证了必然会引发争议的事件,一定会感受到那种让人惧怕的冲动,那就是想歪曲或掩盖事实,只因为诚实的表述里多半有一些真相会让无耻的对手利用。但我们应该在意的,是长远的效应。

有一个人预判到这些长远的效应,同时也关心眼下的影响,这个人叫 F. M. 康福德*,他是爱德华时代一位心思灵动的剑桥学者,因为时常身在英国大学的宴会贵宾桌和教师共用休息室,听惯了所有那些委婉说法和故意混淆,在他 1908 年

---

* F. M. Cornford(1874—1943),英国诗人、古典学者,剑桥大学古典哲学教授,1937 年当选为国家艺术院院士。

的专著《学术小天地研究》(*Microcosmographia Academica*)中,他将这些手法一一剖析。我要引用的这段在第七章,小标题是"论辩":

> 支持做事的论据只有一条;其余的都支持无为。

新石器时代终结,石斧被废弃,人类普遍适用的武器里,加入了两件极尽巧思的修辞兵刃。它们非常近似,而且和石斧一样,都是政治诉求驱动的。这两样武器叫作"楔形"和"危险先例"。虽然这两种武器大家很熟悉,但其中涉及的"不作为"的原则,或者说规则,却很少被完整阐述。它们是这样:

"楔形"原则:此刻不可行正当之事,因为一旦违反,此后就会有对你行事更为正当的期待——你会害怕没有能力去满足这种期待。略加思考便可知,运用这条定律的人已经认可,所讨论的行为并无不正当之处。如果有的话,那就构成了唯一且充分的避开它的理由，而这条定律也就不适用了。

"危险先例"原则：纵然某项行为是正确的，此时也要避免，怕的是你或者和你一样审慎之人没有勇气在今后也做出同样正确的行为——ex hypothesi[*]，将来的情形必然和此刻有根本差异，但表面上或有相仿之处。任何不合惯例的公开行为，要么是错的，要么（如果实在没错）是危险的先例。综上所述，任何事情只要第一次做，都是错的。

还有一种判断方法叫"时候未到"。"时候未到"原则指的是某一刻你认为正确的行为，不要在那一刻实践，因为你认为正确的实践时刻尚未到来。

我可以保证，你以后的人生中必然会遇到这

---

[*] 拉丁文，意为：可推断。

些论据和借口的某种组合方式。可能你没有精力每一回都与它们一战；可能你发现自己正节省、储存力量，以便在一个更合适的日子里对付一个更厉害的对手。这种倾向要当心。而更要警惕的，是在某个不堪的时刻，你从自己的口中听到了那样一句自我宽慰且自甘堕落的表达——尽管可能是下意识说出的。

（顺便提一句，在这件事上，神圣和鄙俗都帮不了什么忙。虽然有时候，我发现自己这么骂一句还是有用：去他妈的，我只能活这一辈子，不想把其中的任何一刻浪费在可悲的妥协上；但有个念头又不请自来：既然生命有限，避开这一场小小的战斗难道不也是珍惜时间吗？我猜想那些期待来世的人所面对的诱惑是一样的，虽然彼此说法不同；很多关乎原则的问题 sub specie aeternitatis[*]之后，就显得不那么重要了。）

---

[*] 拉丁文，意为：与永恒相比。

07

事情并没有表面上那么复杂

我很高兴你喜欢《学术小天地研究》。这本小册子读来当然别有生趣,但我把它留在身边,也是提醒自己很多问题其实没那么复杂。这里面似乎是矛盾的;所谓知识分子的工作,就是与"过分简化"或者"化约主义"相抗争,说一句:这事情吧,其实没那么简单。至少这是他们工作的一部分。然而,你也肯定注意到,很多时候"复杂"只是被借来混淆事理的。这里,我们就需要兴高采烈地挥舞起我们的老朋友奥卡姆那把著名的剃刀,斩除不必要的假设,宣称:其实,事情并没有表面上那么复杂。在我的经验中,一份额外且不相干的复杂被强塞进来，很可能是最基本的正义和原则正受到挑战。

我能举出的最佳例子就是我的好朋友萨曼·鲁西迪。当他 1989 年收到一个神权国家发出的追杀令时，你总以为其他的所有作家都会奔走襄助。毕竟，我们面对的是不加掩饰的悬赏挑唆谋杀，对象甚至不是那个神权国家的公民，而他也只是创作了一部小说而已。但是你会震惊于当时能见识到多少嗫嚅不绝、踌躇不前。可能他的小说的确"冒犯"了他们？难道虔诚穆斯林的情感不需要体贴吗？他是不是在故意挑动是非？他事先一定料到会是这个结局啊？诸如此类的话。几个位高权重的西方政治家，以往都是站在"法律与良序"招牌之下的"反恐派"，此时也躲进了类似的表述中。

与那些担心——或号称担心——小说中渎神或不敬成分的人公开辩论，我开场总是先问这么一句：你看，我们先把一件事弄清楚。想必，你也是毫无保留地反对用金钱嗾使对一位文学家的谋杀？你会看到有些人不愿给出肯定的答复，或者认可之前要将它修饰限定一番，其频繁程度绝对有教育意义。在那种情况下，我会拒绝继续辩论。所以在这件事情上，我也是个简化者，而且为我自己头脑简单而骄傲。

另一个例子也是我的个人经历。1968年我去了古巴。革命方兴未艾；切·格瓦拉之死还不过是几个月前的记忆；卡斯特罗政府依然坚持，他们的社会主义不能仿效苏俄的可怕模式；当时在那里确可感受到一些轻松和自由的氛围。我这不是以后见之明向你回忆当年，因为我那时归属的马克思主义团体就对"菲德尔主义"很有些保留（如果你想听，我可以在以后的书信里说一说我的政治态度是如何形成的）。不管怎样，当时的讨论和争辩很激烈，而且在那个属于越南、巴黎、布拉格的年份，似乎真的不只是空谈——有时候那些讨论的确意义深远。有一个研讨会我记忆犹新,古巴电影的大师圣地亚哥·阿尔瓦雷斯*也在场。电影是古巴革命的重要媒介,他断言在古巴拍电影完全没有任何限制。完全没有限制?好吧,他轻声一笑,说的确有一种电影还没有拍过。讽刺性地刻画领袖是不会被允许的。(他那一笑,是觉得这种东西古巴人连想都不会去想。)我的回应颇为简单,就是如果卡斯特罗这个主题是禁区,那么实际上古巴就不可能有真正意义上的讽刺和批评。"反革命"这个词我之前也读到过、听到过,但那是我第一次见识它一本正经地被用出来——而且是用在我自己身上。再次强调,说出如此基本的观点,对于我来说并不需要多大勇气,因为除了受到与会者的斥责之外,我并没有冒任何风险。但我不会忘记我发言之时周围的死寂。另一个会议上,我们听到了关于医疗和消除

---

* Santiago Álvarez(1919—1998),古巴电影导演,代表作有《79个春天》(1969)、《河内,星期二13日》(1968)等。

文盲事业中获得长足进步的各种自豪言论——其中有些是真实的。我问道，古巴公民可否创办杂志，能否出国，以及出国之后回到古巴？会场内的共识似乎又是：只有一个自恋狂和不良分子才会提这样不合时宜的问题。古巴我之后还回去过几次，发现上述以及相关问题变得越发迫切（而且迟迟不得解决，对于古巴社会是致命的戕害）。当时我只是问了几个显而易见的问题，碰巧发现，或许盎格鲁-撒克逊一族的经验主义也还是派得上用场。

小男孩和赤身裸体的皇帝那个故事能广为流传，自有其道理。我对鼓吹民间智慧向来不甚热衷，但这个故事经受住了考验，是因为它点出了奥威尔曾经在另一个语境中讲的道理：很多时候正是眼睛跟前的东西最难发现。而且社会压力之下忽视显而易见的情形，也是常事。所有父母都不会错过自己的孩子掌握"为什么"这个词并开始广泛使用它的那一天。我还是不太清楚天空为什么是蓝的(我之前也曾知道过,但忘记了),被问到"爸爸,为什么那个人睡在阴沟盖子上"或者其他我已经习以为常的现象时,我也还是要搜寻解答。在一个中了种族歧视之毒的社会,往往是孩童(毒素侵染他们还需要时间)给大人做出榜样。当然,我们也不要将孩童理想化,他们易被误导,是最轻松的洗脑对象。另外一点也不言而喻,那就是天真自有它的局限。发起核武战争或许不对,但装备起毁灭性的武器,不但没有错,甚至算是慎重;某种行径如果是个人所为,那是可鄙的罪行,但如果是国家所为,则可以谅解——在你年岁大到会作如此争辩之前,你要通过阅历让自己不再那么单纯。前面那些论点的确是成熟之后的福利,但只有当你走下坡路时才能享受。

我们这种生物善于适应新环境,这才得以存活下来。但这种适应性也是一种威胁;有些险情我们可能太过适应,等到认出它们已经为时太晚。

核武竞赛就是最显见的例子；你阅读这些文字的时候，实际上已经穿上了军服，坐在一个毫无掩护的战壕里。可以在一念之间抹去你生命的那些人，把你作为可牺牲、可毁弃的资源，他们的这项权力并未获得你的首肯。你只是没有意识到自己已经被收编入军队而已。想要"正常"生活，就只能把这最重大的事实当作一种幻觉。

我每一天都告诉自己，把我置于这种境地的政府不是合法的政府。即使是我"选举"出来的领导人，我也没有赋予他们权力判决我的生死，更何况，他们现在拥有的权力，是在一瞬间灭除此刻，以及未来甚至过去所有生命体，这些权力当然都是他们僭取的。即使我们暂时假设我可以代表众人表态，国家也从未征询过我的态度，更何况谁也不可能有这样代表众人的权利。

我时常能荣幸地见到我们国家的某个部长或高阶的官员，然而，和他们握手时我并不会表现得好像自己握住的是卡利古拉[*]沾满鲜血的手套。（我有时自得其乐地假想要是他们知道我在那一刻心里的真实想法，恐怕会像被咒语击中一般萎缩。）这样说来，我也会运用认知失调[†]和情绪协调障碍[‡]。要为自己辩解的话，我也只能说我意识到这种失调，同时等待更好的时机。

你要尽最大努力抵抗衰颓和惯性。De omnius dubitandum[§]这条箴言的本质就是质疑"显而易见"和"习以为常"。

---

[*] Caligula（12—41），古罗马皇帝（37—41），专横暴虐，可能患有心理疾病，后被刺杀。
[†] Cognitive Dissonance，一个人的行为与自己先前一贯的自我认知产生分歧。
[‡] Emotional Dissonance，环境刺激与情绪体验不相符，或者内心体验与表情相矛盾。
[§] 拉丁文，意为：怀疑一切。

08

如何规避衰颓和惯性

你是否要问,该如何抵挡衰颓和惯性?好吧,我可以给你一个不起眼甚至有些可笑的例子。每一天,《纽约时报》都会在头版的一个方块里放上自己的信条。"所有适合发表的新闻。"这句话他们已经说了几十年了,没有一天落下。这句高高挂起的招摇标语象征这份权威报刊的心态,但我猜大多数读者早就不再留意了。我自己则每天都去检查,看那句响亮、自得、浮夸和愚蠢的宣言是否还在那里。然后我会检查自己是否依然会为此生气。如果我还会压低嗓子喝问这么几句:为什么他们要侮辱我,他们觉得我是有多蠢,除了显而易见的沾沾自喜、不可一世和吹毛求疵，鬼知道这句话想说什么——那么，我至少知道自己的血还是热的。

可能你会选择更为严谨的锻炼心灵的方式，但我一向认为自己每日注射的这点不快对我来说是延年益寿的。

09

心智自由的前提

你似乎已经从我之前顺带的几句话里猜出,我不是一个有宗教信仰的人。如果要彻底讲明白,我也不能让你以为我属于我们文化中那些宽泛的不可知论者。与其说我是一个无神论者,我相信的甚至更算是一种"反神论";我不但坚持所有宗教都是相同谎言的各种变体,而且在我看来,教堂所施加的影响、宗教信仰所带来的效果,是确凿有害的。审视那些没有依据的宗教主张,某些感伤派的唯物主义者号称希望它们是真的,我与他们不同。我一点也不羡慕宗教人士的信仰。想到这整件事只是个用心险恶但子虚乌有的神话故事,我至少松了口气;要是世界真是那些虔诚的信徒所声称的样子,生活一定苦不堪言。

我为什么抱持这样的观点?只能说,或许有些人的确渴望从摇篮到坟墓都活在神的注视之下,活在一种永恒的监视或监测中。但我想象不出一种更可怕、更怪诞的人生。在某种程度上,如果这种监管是好心好意的,情况会更糟。(要是最后证明我是错的,我也准备好了如何应答。在最后的审判台前,我会申辩:真诚的怀疑是值得褒奖的,至少虚伪和谄媚的罪名与我无关。要是那个全知全能的审判者真是满怀慈爱之心,那相较于布莱兹·帕斯卡广为传播的蹩脚诡辩*,我的这段申诉一定对我更有助益。)不管如何,我们总还有伯特兰·罗素给出的辩解,虽然这种辩解更有一种经验主义的狡猾,不够有原则——他说:"哦,上帝,

---

* 所谓的"帕斯卡赌注",法国十七世纪哲学家帕斯卡认为,一个理性的人应该假定上帝存在,这样,即使上帝不存在,也没有什么损失,而如果上帝真的存在,则由此换来永世福祉。

你没有给我们足够的线索啊。"

我认为，一个人若想要"就如同"他是自由的一般活着，那么他所需要的精神和道德能量必定与上述信念有关联。托马斯·杰弗逊说过一句关于美国原罪的话，经常被引用，他说："当我想起上帝是公正的，我就不禁为我的国家颤抖。"可是如果真有一个上帝，而且他是公正的，那信徒就没有什么好颤抖的了；相比于那无限的慰藉来说，尘世中任何能够想见的忧扰自然是无足挂齿的。

我碰到过很多有勇气的男男女女，在道德上本人无法与他们相比，而他们在逆境中的无畏往往来自他们的信仰。只是他们不管什么时候聊起或写到这个话题，我常常震惊于他们对自己智识和道德的要求瞬间跌落。他们想要上帝站在他们那一边，而且相信他们都在替上帝办事，这种心态，即使在它表现得最为高贵之时，不也是一种极端的自我中心吗？他们从结论出发找寻线索；我们最了不起的资源就是我们的头脑，将其实需要证明之事假定为真实，接受这种教导的大脑不可能进益。

宗教所下的最温和、最无私的论断，也难逃这种傲慢和悖理。一个真正的信徒必须相信他来到世间是为了达成某件事，而某个"至高无上的力量"对他的生活关心备至；他还必须声称，对这个"至高无上力量"的期许或多或少能感应一二。我自己也有几回被认为是个傲慢的人，而且期待着能努力重新挣得这份荣誉，但要我宣称自己暗中与宇宙的创造者有往来，从而知晓宇宙的秘密——我倒真没自大到这个程度。于是我不得不认定，即使是那些最为谦卑的信徒也不免有些可疑之处，而他们组成的"信众之群"*（这个词是何其发人深省）所跟随的那些了不起的"立法者"和"传旨人"当然就更不用提了。

即使是最人道和富于同情心的信徒，不管他

---

* 原文为"flock"，本指羊群。

信仰的是一神还是多神,都是这种独裁统治的帮凶,这种独裁虽不张牙舞爪,但一样不讲道理:他们宣告——用福尔克·格雷维尔*那句让人难忘的话来说——"我们生来病态,却被命令要活得健康"。而一旦这种呼吁没有了效力,他们还有极权主义的悄声恫吓让你就范。举例来说,基督教声称,在我出生的几千年之前,有一次活人献祭救赎了我。这件事我从来没有要求过,而且真心愿意放弃这项权利,但没有办法:不管我的意愿如何,我都被收管和拯救了。要是我拒绝这项我从没索取过的馈赠又会如何?不妨这样说,我们还听到过一些语焉不详的预测,说什么我的忘恩负义会遭到永世折磨之类的话。某种意义上,这比**老大哥**政权还糟,因为你无法期望它终有一天会消逝。

---

* Fulke Greville(1536—1606),英国诗人、作家,伊丽莎白一世和詹姆斯一世的朝臣。

说到底,我觉得替代性救赎这件事本身就有些令人作呕。我不会将自己数不胜数的罪孽扔在一只替罪羊的身上,便以为自己清白了;我们嘲笑那些真的会将这种想法演绎出来的野蛮社会,并没有笑错。而且这种替代的姿态在道德上也是空洞的。就像托马斯·潘恩所言,你如果想替另一个人还债,甚至提出替他承受牢狱之灾,这是你的自由。这是一种自我牺牲。但你无法将他的实际罪行当作你自己的罪行;一方面,你的确没有干过,或许你宁可去死也不愿做出那样的事;另一方面,转嫁罪行这个不可能完成的行为会让他无法再为自己的言行负责。所以,这一整套赦罪和宽宥的繁复体系在我看来确凿无疑是不道德的,而"揭示的真理"*也贬低了"心智自由"这整个概

---

* Revealed truth,在传统宗教术语中,"揭示的真理"被视为上帝的话语。后逐渐被用于形容个人的"精神"体验,被揭示的真理通常被认为是不证自明的,关乎事物的终极本质,因此不需要经验证实。

念，因为它声称能把从我们辛苦思考中解脱出来，而不必自己去弄清伦理准则。

在基督教关于罪与罚的态度中，你也看得到同样的不道德，或者对道德的回避。他们有两个文本，都很极端，且互相矛盾。《旧约》的训谕是以眼还眼，以牙还牙（它是在一段关于公牛伤人处理规则的文字中出现的，其中的严苛细节完全不可理喻；你应该把它放回到上下文去体会）。另一条是在福音书中，告诉你只有那些没有罪孽的人才能掷出第一块石头。前者是死刑以及其他野蛮行径的道德基础；后者则如此相对主义和"不偏不倚"，以至于要审判查尔斯·曼森都难说是正当的。我们关于公正最基本的几个观念，就是在违抗这些极端严酷或极端温和的荒唐标准中进化得来的。

我谈起基督教的宣传活动更有个人经验，因为我是在圣公会受洗的，后来在循道宗的寄宿学校有强制的宗教课（我很喜欢那些课，也受益颇多），我也曾被收入希腊正教会，具体缘由不必在此处赘述。但我的母亲又是犹太人，而一个声望卓著的拉比（我怀疑他私下里是个爱因斯坦式的不可知论者）曾主持过我的婚礼。犹太教有些基督教没有的好处，比方说，它不试图改变他人的宗教信仰（除了在犹太人内部），它也没有犯那个蠢笨不堪的错误：宣称救世主已经出现过。（当迈蒙尼德[*]说，救世主会来的，但他"或许耽搁了"，我们可以从中读出从斯宾诺莎到伍迪·艾伦的每一个犹太式耸肩的鼻祖。）但是，与伊斯兰教和基督教一样，它的确有一些不但浮夸、自相矛盾，有时甚至是邪恶和疯狂的文字，明显出自庸辈之笔，却被认定是上帝的话语。在我看来，要想获得任何智识上的自由，首先就得明白，世上哪有什么上帝话语。

---

[*] Maimonides（1135—1204），出生西班牙，定居埃及，犹太教法学家、哲学家、科学家。

10

宗教的"精神力量"

你来信提醒我,很多堪为楷范的人物都是靠信仰支撑自己的。(真要说的话,我或许可以对你再苛责一些——这些人哪里用得着提醒。我自然也留意到了。我读过马丁·路德·金博士、迪特里希·朋霍费尔*,以及你信中其他那些人的作品,还有很多讨论他们的文字。)但让我反过来问你一句:你难道在说,宗教信仰是他们道德行为的必要或充分条件吗?换句话说,如果没有信仰的话,

---

* Dietrich Bonhoeffer(1906—1945),德国基督教新教神学家,重视现世及人类自身的能力,反对纳粹干涉教务和排斥犹太人,因参与暗杀希特勒活动被处决。

他们就不会反对种族歧视或纳粹了？我想我还不至于如此看轻这两位人物。但他们或许得以借用宗教的语言力量，而信仰也必定帮他们获得了更多的追随者。（补充一句，从古至今的很多社会中，作为发表言论的出口，只有布道坛才不会被完全打压，或者至少获得些许的豁免权。）但是，就像拉普拉斯*在宫廷中演示太阳系模型时所说的那样——据说当时他被问到"原始推动者"†在哪里——"没有这条假定也不妨碍它运转。"

你还可以继续深入，指出某些英雄人物，比如废奴运动的奠基人威廉·罗伊德·加里森，就是虔诚的信徒。不过，这样的话你一定会发现，加里森真正的神学主张中那些关于联邦政府"与死神缔结盟约"的部分，现在也有一个效忠者，就

---

* Pierre-Simon Laplace（1749—1827），法国科学家、博学家，对工程、数学、统计学、物理学、天文学和哲学的发展都有重要贡献。

† Prime Mover，此处指"造物主"。

是伊恩·佩斯利(而且加里森呼吁要摧毁——而不是存留——联邦和宪法)。*换句话说,我们现在向他致敬的同时可以拒绝他的世界观,是一种幸运。我还遇到过不少忘我和无畏的反叛分子,在我看来,他们就不配称为"异见者"或"反对者",因为未来的压迫已经刻写在他们的思维方式之中。一个人提出的某种解决方案会不会引发某些不幸和痛苦,他绝不可能全然预判;但某些显然颇有可能发生的后果若本就在提议者的想法之中,那我们难免就会心生厌恶,而一旦他开始传教,之后的不幸和痛苦则几乎是注定的了。

当然,信仰有时可以"简单"得让人佩服。虽然我一向对宗教人士讴歌"头脑单纯"有所保

---

* William Lloyd Garrison(1805—1879),参与创建美国反奴隶制协会,支持林肯的《解放宣言》。他认为美国联邦和宪法都是奴隶制的帮凶,应该废弃。Ian Paisley(1926—2014),北爱尔兰新教极端派代言人,反对以任何形式对天主教做出让步。希钦斯认为,两人对于分裂和对抗的坚持都建立在《圣经·以赛亚书》中"站出来,互相分离"的教谕上。

留，但它的确有可以褒奖之处。奥地利曾有一个名叫弗朗茨·雅格施塔特（Franz Jagerstatter）的农民，是个天主教徒，拒绝了第三帝国的征兵。他的原因简单得让人不知该作何想，他说："我只接受更高的指令——爱邻如己。"他们于是砍掉了他放肆的脑袋。我无话可说——只脱帽致意好了。（八十年代，梵蒂冈心急火燎地想找一个大屠杀的殉教者，曾考虑将雅格施塔特先生封为圣人。可惜，后来发现他的牧师和告解神父都曾督促他遵纪守法，披上纳粹的军服，真是坏了好事。）

不过"单纯"总让我觉得和"轻信"关系密切。而轻信之辈，特别是成群结队而来时，实在不能叫人安心。了不起的尤金·德布兹*1912年在竞选总统时，曾这样告诉他的社会主义选民，说自己即使可以做到，也不会将他们带入应许之地，

---

* Eugene Debs（1855—1926），美国劳工领袖，曾五次成为社会党的总统候选人，晚年遭迫害入狱。

因为如果他们只是因为轻信而被领了进去，那被领出来也一样容易。换句话说，他期望这些选民要做的，是独立思考。所以，当 G. K. 切斯特顿和其他宗教辩护士不断重复那句咒语时，我全然找不到它的高明之处；他们常说："如果人们不再相信上帝，接下来他们不会什么都不相信，而是会相信一切。"但对上帝的信仰，倒像是后面那两件事容易发生的证据：一方面，不是他们说上帝存在，上帝就真的存在了，所以，他们本就相信空无*；同时，他们也可以什么都相信，因为信仰的对象是很容易替换的。

我再重复一次：任何一个人，思考什么并不重要，重要的是他思考的方式。我们的对话是关于一个独立、好问之人，一个持异议者和自由的思想者，关于他的头脑是如何构成的。要做好这

---

* "什么都不相信"，和"相信空无"，在英文中都是 believe in nothing。

件事，跪地或匍匐都不会是理想的姿势。我提到过虔诚的信徒在好似满怀善心地推荐他们的信仰时，常借地狱的威胁增强说服力，但我们花片刻的工夫来想象一下他们的天堂是什么样的。无止境的颂扬和崇拜，无限的自我压抑和贬低。（有些宗教怕沉闷，还承诺会有不少的肉身之愉，而且我想我还提起过，他们的奠基人之一德尔图良甚至把欣赏下地狱者的苦难作为一大诱惑。所有这一切都证明，宗教是人造的，是人类依照自己的形象造出了神，而不是反过来。只有一个无趣的独裁者才会希望听到臣民无止歇地歌颂他的品性和光辉，而我们也只能推断，这些品性和光辉也正是他那个淹没在歌功颂德中的创造者所赋予的，那个创造者本身亦然，如此以至无穷。）

我不是安·兰德式实利主义和个人主义的支持者，我也不追求尼采所描绘的状态。但是信教者的心态中的确有些消磨不掉的奴性和自残。一个独立的人要维系批判和反叛的姿态，归根结底就必须相信人的能力，有生而为人的骄傲，但宗教试图把这种内在力量化解成一种病态的集体主义（还记得"信众之群"这个词从哪里来吗？）。这种心态表达得再美好，也有种胁迫的语气；事实上，丧钟不是永远为你而鸣的*，不管你有多么相信人类休戚与共。宗教是——而且自始至终都是——一种控制的手段。推崇宗教的人之中，有一些——我想到了列奥·施特劳斯那一派学者——坦率地表述了这一点：宗教或许子虚乌有，或许不知所云，但用来维持秩序很有用处。如果你希望自己的人生能偏离众口一词的安逸与平庸，那拒绝它最根本的假定之一不失为明智之举。

西格蒙德·弗洛伊德总结：只要我们还害怕死亡、害怕黑暗，宗教迷信就无法根除；这句话

---

* 出自约翰·多恩（John Donne）的诗作《紧急时刻的祷告》（"Devotions upon Emergent Occasions"）；其中两句为"任何人的死亡都是我的减损，因为我是人类的一员。所以，不要去问丧钟为谁而鸣，它为你而鸣"。

当然是对的。它属于我们这个种族的童年,而童年——也是弗洛伊德帮助我们明白——并非我们最迷人、最天真的人生阶段。我几乎忍不住要主张世俗人文主义在道德上更优越,它至少没有一厢情愿、投机思维这样的污点。(我并不为自己终将湮灭而兴奋不已,而大卫·休谟那句刚毅的思考:"说到底,我出生之前也曾是空无。"也不总能让我感到宽慰。)但是,对宗教的迫害要不惜任何代价避免。安提戈涅*教我们要相信人性中对亵渎神圣有种抗拒的本能。绘画、建筑和诗歌有一些超凡的作品,它们的创制者所下的苦功,在粗浅的我看来都源于一场误会(这一点可以从他们宗教领袖的所作所为间接得到验证:他们可并不忌惮于渎神、烧书、发起圣战、在宗教法庭镇压

---

* Antigone,希腊神话中俄狄浦斯和他的母亲伊俄卡斯忒乱伦所生的女儿。她的两个兄弟为皇位互斗,双双战死,舅父克瑞翁上位后,下令不许将波吕尼刻斯的尸体落葬或悼念,违者处死。安提戈涅违抗了这条禁令。

异端）。我建议你要做的，是不要轻易放过那些自以为掌握了一些不可掌握之事的人。这点也奇怪：与信教之人辩论，几乎从来不算浪费时间。那样的辩论是一切辩论之源；我们要一直努力让自己在此类交锋中更深刻、更精确；马克思在1844年说的那句话没有错："对宗教的批判是其他一切批判的前提。"

所谓"科学"——其实应该称作无偏见的客观探索——对于遏制和驯化宗教以及浅薄的神造说发挥了巨大作用，但无法真正废黜它们。在我们这个时代，宇宙的起源至少展露出了被认知的可能，而人性的本质——它原初的编码，以及与其他种族的关系——也越发清晰可辨。尽管如此，万物皆由神创之说依然像那种打开盒盖会弹出的玩具一样不时重现，即使（或许也正因为）它建立在同义反复和无穷逆退这两种逻辑的组合之上。从某种角度来说，这一切背后并没有更深的神秘之处。归根结底，既然我相信人类的出现很可能是随机的,为什么我还要费心写这样一本小册子,宣扬普罗米修斯式的违抗是光荣的,而批判性的思考是愉悦的呢?有什么意义?这个问题是我必须要回答的,但我又认为这个问题没有答案;这也是为什么我发自内心地质疑那些声称自己确实拥有答案的人。但至少他们知道要解答的问题是什么,这一点不能随手抹杀。

我不会试图布道或说教,但我的确要提醒你,如果你觉得自己可以成为一个"精神的流亡者",过一种逆流的生活,灵魂(很遗憾要动用这个词)的暗夜一定会来的。但既然选定了这项事业,却又要搜寻外在的、无形的援助,显然已违背了初衷。某种程度的寂寞和灰心本就是需要的。有些人忍受不了寂寞,要是他们知道天堂本来空荡荡,而我们无用的呼喊甚至惊扰不了耳聋的神灵*,则

---

* 此句反用莎士比亚十四行诗第二十九首的句意:"我遭幸运之神和世人的白眼,便独自哭我这身世的飘零,以无益的哀号惊动耳聋的青天,看着自己,咒骂我的苦命。"(梁实秋译本)

更要绝望了。成为遥远海岸上的一个流亡者、世人的弃儿——很多头脑会立时惊恐退避,寻觅任何温柔暖意之源。我只能说,寂寞、放逐和自立的理念,用不着和不堪的**永恒家长主义**作对比,它们本身就能让我抖擞起来。(而且,直面这凄凉的人间,大家都该学着更体贴和尊重一道流亡的同伴。但此类镜花水月的痴想暂且就算了吧。)

11

警惕民意

想必你也知道,除你之外,我还收到不少其他人的来信,所以我很清楚自己有时会让人觉得厌烦和难以忍受。更糟糕的是,我还知道我的叫人厌烦和难以忍受,有时并非故意为之。(关于绅士有一条古老的定义:一个从不会无礼的人,除非他是故意的。)我大概通不过这项检验;一位挚友曾经吐露,我的嘴唇——他好像特别指出是上嘴唇——常会做出一种可笑的、不屑的表情,而我的妻子还补充说,往往这样的嘴脸出现在我最不自知的时候。我坦率承认,这样的观察和指摘让我极为困扰,常常反思有多少次是我无意间对人无礼了,因为我本以为自己的无礼是收放自如的。还有那些我觉得自己所向披靡的时候——对手被我挑翻在空中,抵得满身创口,而我的妙语应答处处显露才情——难道我展露的只是无处抒发的无趣愤慨?

还是在这个让人烦闷的主题上,我也必须承认,当提出类似批评的人并不是我的好友或爱人时,我是毫不在乎的。我的邮包和电子信箱里褒奖并不少见(这也没有什么好遮掩的),有些甚至流露出钦佩,但当语气带着敌意时,调子往往相近。那些信中用词经常语体纷杂,而且——好吧,我纵容一下自己——很多时候词不达意或拼写有误,而且几乎从来不会忘记咬牙切齿地说出"精英主义"这个词。

我明白为什么这种罪名本该是伤人的。(我明白,或多或少是因为我曾经也常常这样控诉别人。)我见过很多人费尽心力要躲闪或驳斥这样的指控。但是,它已经无法再刺痛我了。原因如下。过去有很多可敬可佩的反叛分子和持异议者，他们的奋斗和发声是为了所谓的"无声之人"或"无代言者之人"。虽然这的确有落入"精英主义"之虞——最登峰造极的是筹谋建立一个先锋政党，欲取大众而代之——但它依旧是靠不断提及"人民"来为自己正名。起草美国宪法的人，占有人类作为资产，但序言里开篇便是这句咒语："我们合众国之人民……"在那之前和之后的无数咒语中，这种故作良善的致意向来都是重大的主题。即使是那些君主，他们口中的"我的人民"也是有意无意地迎合了这种想法。而这一点正是症结所在。

因为对于"异议"还有另一种描绘：那些试图说出真相的人会被群众取笑，或是被舆论噤声。你或许也有自己最喜欢的例证，如果没有的话应该尽快补上。最打动我的——甚至比左拉的例子更打动我——是第一次世界大战前，那些抵制宣战的文明、智慧（而且有民主精神）的人。他们是正确的，他们是正直的，他们也是有先见之明的。作为后来人，我们使用"先见之明"这个词可以放宽些标准，因为最终的惨剧连他们也始料未及。但如果你翻开史书查看他们的遭遇——让·饶勒斯*被一个极端分子击毙，卡尔·李卜克内西†为了自己的信念入狱，伯特兰·罗素被迫沉默——这是一个文明在你眼前自杀。而大多数时候，丢入火堆的是这些异议者的画像还是肉身，对于昂扬和爱国的暴民来说，都同样可为之欢呼。

1914年是不是支持战争的暴民占了大多数，已经无从考证了，虽然表面上的确如此。我要说的，是一贯对此类权利抱持怀疑的政府，这一回却把vox pupoli‡当作了vox dei§（无须赘言，政府

---

* Jean Jaurès（1859—1914），法国社会主义者，反战主义者，曾试图通过外交手段阻止第一次世界大战。
† Karl Liebknecht（1871—1919），德国社会主义者，工人运动领袖。1912年进入帝国国会，带头反对德国政府在第一次世界大战前的政策。1916至1918年间因鼓动人民推翻政府而被捕入狱。1919年1月，在柏林工人武装起义失败后被杀害。
‡ 拉丁文，意为：人民之声。
§ 拉丁文，意为：神的旨意。

的立场得到了自己国家的官方教会和独立高等学府的支持)。群情激愤的对象可以是那些"自以为了不起"的人,浮夸奢华之人,挑剔讲究之人;但也正是那些激愤的民众,会拜倒于王座和圣坛之前。苏珊·桑塔格在她那本精湛的小说《火山情人》里,用文字描绘了在一个远去的时代这样的心态运转起来是何等情形。故事发生在那不勒斯,海军上将霍雷肖·纳尔逊*煽动了一场效忠君主的血腥迫害(另一段学校里不教的历史)。戴上了皇冠的僭越者怂恿暴民对付那些学问家们[†]:

> 搜捕的群众仔细寻找着暴露雅各宾人的标志(除了拥有可以盗抢的值钱东西之外):素雅

---

* Horatio Nelson(1758—1805),英国海军统帅。1798年追击拿破仑的舰队至埃及,并赢得尼罗河战役的胜利。停留在那不勒斯等待船只修复期间,协助那不勒斯国王费迪南一世重获政权(1799),获封"布朗台公爵"。

[†] 十九世纪末,法国输出革命,当地贵族依靠法国军队建立新政权,而那不勒斯的底层民众一向拼死支持皇权。

的衣服或是没有扑粉的假发；裤子；眼镜……这跟自然界很像——众所周知，自然界不为自己着想，行事昏聩。毫无疑问，还不等这种能量耗尽，之前持鼓励态度的统治者就会将他们约束起来。

在那个时期，精英对民粹主义的操纵更混乱，更随意。英格兰乔治王朝的当权者发动那些支持"教会和国王"的暴民时，他们只是为了给某种能量找一个释放的出口，否则暴动的对象很可能就是教会和国王——我认为我并非在夸大其词。那些并不识字的人，只要把《人的权利》做成柴堆点上火，就能换来酒肉。你要是读过狄更斯在《巴纳比·拉奇》里对于"戈登动乱"*的描绘，想必也会有同样的想法。对于一个想要维护稳定的政党，

---

* 1780年，英国需要大量士兵投入北美战场，考虑放宽一些歧视天主教徒的政策，在六月引发了新教徒一系列的暴力抗议。

动荡也总有它能派上用场的地方。号称为"大众诉求"代言的，可不只有改革者或革命者。

同样的道理也适用于文学、科学甚至医药领域。从审判苏格拉底的时代到取缔《尤利西斯》的时代，对于那些曾经被查禁、取笑，或者既被取笑又被查禁的书，有时要做的并不是替大众救它们，而是从大众手中救它们。我们进化的真相，告诉大众时还得照顾他们的情绪，怕他们会突然喊出"恒久之石"胜过"石之新旧"*之类的愚蠢口号。（和那些心智脆弱之人打交道，在这个话题上依然要温柔些。）图书馆里无数天才的作品，要是当初投票决定的话，早被付之一炬。另外，反正在你眼里我本就痴迷于这个话题，相信我再啰唆一句也不会增添你的厌恶：虔诚的力量不管在

---

* 此处作者引用了在并置宗教和科学时常见的文字游戏："恒久之石"（Rock of Ages）指《圣经》中把上帝、耶稣比作石头，"石之新旧"（age of rocks）直译为"岩石的年代"，是用测定岩石年代指代科学调查。

何时何地，向来都是开放头脑和自由创作的死敌。千万不要以为在这点上我已经把话说尽！

如今，要代为公众发声无疑更流畅和方便了。我相信你也有过这样的经历，在某个问题上形成了自己的看法之后，被同一天的晚间新闻告知，只有 23.6% 的民众站在你这一方。对于集体头脑如此精确的解剖未免可疑，你该不该为此感到沮丧和不安呢？难道你真的相信一队才华不济、收入却不菲的假科学家可以得出这样经得起核实的结果？其实不管怎样我要表述的都是：或许，即使结果是真的，你也不该沮丧不安。

我很肯定，你和大多数聪明人一样，对于这样的事情或多或少有所防备。所有人都知道问题可能会有"引导性"；所有人都知道取样是可以"加权"的；所有人都知道对于问题的解读往往建立在老套或流行的假定之上。不再天真的标志之一，就是明白这些机制，并时不时地判定这样的结果值得怀疑。

不过，持保留态度并不等同于严肃的批评。扬帆驶入公共意见的海洋，值得注意的第一件事，想必就是委托和支付此类航程的主顾都是有财有势的大机构，他们花钱可不只是为了满足好奇心。他们的战略和那些市场调查是一样的；目的不是解读，而是改变。在两种产品中厚此薄彼的倾向不能只是发现和观测，他们还要培养它，鼓励它，利用它。

所以对顾客来说，"民意调查"（poll）——顺便提一句，这个词本身别有意味，因为它源于古老和倒退的"人头税"——似乎是当下舆论的真实反映。但对于开展调查的人来说，那只是给有待加工的原材料拍了张快照而已。你可能注意到，那些精英也并不总是无一例外地引用所有大众意见的。大众的意见也不会逐一被实践检验。比如我就不记得有过关于联邦储备委员会"紧缩性货币政策"的民意调查。这样的事情（一个正规取样的调查可不便宜）谁又愿意买单呢？的确，"民意调查"没有被处理过是不会被拿出来使用的。只有到了那个时候，大家才被告知，他们的意见有没有被认证为"多数人的"或"合格的"意见。大选中民众投票，照理说是主动而非被动地发声，但即使如此，它也越来越受到被动彩排的干扰：民意调查一次次修正着最终的那次调查。

所以我们只能冒着被认为是"精英主义"的风险，只为了说一句：像这样被动的参与者经常都是被人利用的工具，而背后主导这一切的人才是真正的精英主义者。聚合在一起的大众，智力往往比构成他们的单个人智力要低。如果不是这样，"煽动家"这个词就没有意义了。几年之前，我自己已经认定，当时的美国总统猥琐狡诈、说谎成性的程度，比他意识形态上最固执的敌人所声称的还要卑劣。其中部分是他的"私德"，这位总统可以将冷淡和肮脏结合起来，可谓难得之极。有次我在加州，恰逢这位总统的一系列令人作呕的丑闻如山洪般爆发，车上的广播正在宣布一个

"即时调查"的结果。鉴于这些最新公开的事实,受访者需要回答他认为自己的道德标准:a)高于总统;b)和总统差不多;c)低于总统。可能有20%的人选择"高于总统";记得我当时心想,即使是在我最贬低自己的时刻,选a也是最起码的。中间有一大部分人选的是"不高不低";正是这个国家给了我们"不做道德评判"这个词,倒也恰如其分。可广播里还宣称有20%的人认为自己的道德标准低于克林顿!(顺带提一句,我所说的就是这位总统。)我的第一个想法:选民的自虐和奴性之深是我始料未及的。我的第二个想法——后来证明是我偶然间预知了后事——就是发现了他们的天才之处:讨论领袖在道德上是否合格,却转化成了他的国民在道德标准上的表决。

自从那时起,我每次在公开或私下场合表达我对这个人的看法,都会被告知我脱离了群众。但我还从来没有遇到过一个曾接受调查机构问询的大活人,我也从来没有遇到过谁认为自己在道德上劣于总统。是否我从来都不觉得自己错了？也会的，虽然次数不多，而且时间短暂，但从来不会是因为我的想法和所谓的"多数人"不符。

话说回来，要是我的身份是一个失意的政客，那我写下以上文字可能就像一个喋喋不休的自大狂，无法原谅选民的懒惰，或者短视，或者追求安逸。布莱希特在1953年很精准地抓住了这种态度，当时他注意到一本共产主义的小册子，训斥柏林市民暴起反抗斯大林主义是毫无头脑的行为，布莱希特冷冷地建议道，或许党应该解散人民，重新再选择一批。我们要杜绝势利，不要厌恶人类。但我们更不能害怕批评那些总在试图迎合民众最低劣的想法、有时还会得逞的人。如果没有所谓"民众"迫不及待要回应这样的迎合，批评此类行径本该是毫不费力的。随便哪个愚人都可以挖苦帝王、主教或亿万富翁。但要面不改色地挫败一群暴徒，甚至只是录制节目时的现场观众，都更需要一点坚毅；他们已经认定自己懂得想要什么，也认定这是他们应得的。而帝王、主教和亿万富翁在塑造群众的胃口和情绪时更具发言权，这一点也值得思考。

12

关于"优越感"

我得坦白,在精英主义和民粹主义这个问题上,我始终想脚踏两条船(这种愿望因为很少得到满足而更加强烈)。但我认为我之前所说的,并非同一概念的重复表述。不过你提醒了我,要特别指出很多人觉得在这个时代"异议者"总归只属于左派。这点误解也导致了其他几个误解,其中一个就是忌惮于批判大众智慧和流行文化。我会再给你一个更荒唐的关于民意调查的例子。当里根总统的结肠里发现了癌细胞之后,一家大报纸刊载了一个问卷,郑重其事地询问读者在他们看来这个病会治愈,会复发,还是会得到缓解?

你看,即使是极端民主的狂热支持者,也不会同意大众对里根臀部的事态能有任何真知灼见。(而且,政府在多大程度上对公众隐瞒总统真实的身体和心理状况,才是当年最要紧的地方。)但百姓们建言献策的假象或幻觉还是被营造出来了。

这是骗人的把戏,把上当的人称作"被利用的工具"也不算过分。我的挚友麦克尤恩写过一部小说叫《时间中的孩子》,里面有个男子因为失去亲人的悲剧而颓丧不已,只能瞪着眼整日观看电视上的日间游戏节目。看到人们如此急切地想要让自己出丑,他给这种观看行为慢慢打造出了一个名称——"民主人士的情色片"。那么就让我们像评判个人一样去评判群体,而且任何评判标准也应该可以施加在我们自己身上。(顺便提一句,在里根的时代,自由派和民主党曾暗示——后来他们再也不会这样肆无忌惮——"民众"有可能,而且的确已经,被戏法或狡猾的公关机器所蒙蔽。)

米尔顿·弗里德曼*在血汗工厂和自由市场机遇上的看法可能是错的,但他的另一句话没有错:一个人加上一个正确观点,他投的票就大过"大多数人"。彼得·克鲁泡特金可能算是个不知民间疾苦的无政府主义者,但他宣扬"即使只有一个人拥有真理,那也足够",是有些道理的。科学的发展也遵照相同的衡量标准;玛丽·居里用自己的身体做实验当然难以仿效,但研究者即使身单力薄,只要论文和实验经得起正规的考验,也可以推翻一队专家或是怀疑的群众。有些表面上的精英分子让我们受益良多,比如马基雅维利和胡迪尼,他们研究神秘的讯息和习俗,并将结果公之于众,对于开启民智大有帮助。

有时候别人会问你"有什么权利"横加臧否。

---

* Milton Friedman(1912—2006),美国经济学家,芝加哥经济学派领军人物,被誉为二十世纪最具影响力的经济学家之一。代表作《资本主义与自由》提倡政府角色最小化,让自由市场运作。

"Quo warranto?"*这个问题既古老,提得也很理直气壮。但单个的评论者并不需要像行使职权的人那样展示自己的权利或者依据。在很大程度上,批评是否能立足,是要看批评本身。这也是为什么很多招人厌的异议者会被敌人形容为"自封的"。(他们依然偷偷在影射这是一种傲慢和精英主义。)我觉得"自封的"挺好。我做这件事不是谁让我做的,而且如果是别人让我做的,那就不是同一回事了。没人可以解雇我,就像也没人可以让我晋升。我身处自由职业者这个行列心满意足。如果我很愚蠢或者言行不当,受害者只有我自己。如果别人问起"你以为你是谁?",我可以平静地回复:"谁想知道?"

最后我再跨一回高头大马†(戈尔·维达尔说过,这头野兽一定要拴在两三步就能骑上去的地

---

* 拉丁文,意为:(旧时英国法庭颁发的)追究某人凭借何种权利行使职权的令状。
† 英文中 high horse 指的是"装腔作势"。

方）。我之前曾提议另择时间地点，跟你说说我和卡尔·马克思之间的旧交情，不过你还没有要我兑现承诺。他的一句最有名的"警句"其实根本不是他的警句，这一直让我觉得意味深长又叫人沮丧。"宗教是人民的鸦片"，他不是这样说的；更重要的是，这也不是他的观点。在《黑格尔法哲学批判》里，他的原话是这样的：

> 宗教不幸既是现实不幸的表现，又是对这种现实不幸的抗议。宗教是被压迫生灵的叹息，是无情世界的感情，正像它是精神涣失局面中的精神。它是人民的鸦片。
>
> 废除作为幻想幸福的宗教，是实现人民现实幸福的前提。要求抛开关于自己处境的幻想，也就是要求抛开那需要幻想的处境。因此对宗教的批判就是对苦难世界——宗教是它们的灵光圈——的批判的胚胎。
>
> 对宗教的批判摘去了装饰在锁链上的那些

虚幻的花朵，但并不是要人们依旧戴上这些没有任何乐趣、任何慰藉的锁链，而是要人扔掉它们，伸手摘取真实的花朵。*

你想必也注意到了，这些意蕴万千的句子，与对它一贯的片面化、庸俗化是有区别的。它们浓缩了我在"优越感"这个问题上最想传达给你的意见。我们必须不畏惧于坚持，虽然一个人有权利拥有自己的幻觉，但他们没有权利无止境地享用它，他也没有权利将这种幻觉强加给别人。允许一个朋友相信伪造的憧憬或虚假的承诺，那么，用不了多久，你已经不能算是一个朋友了。你怎么敢插手？不如问一句，你怎么敢不插手？你很确定你是对的吗？这个问题可以先问自己成百上千遍，但如果你确实这样认为，那么就要足够自信和高贵地把观点表达出来。你要记得，什

---

* 译文参考《马克思恩格斯全集》第一卷，人民出版社。

么都不说同样是一种选择,那些相对主义者和"不做道德评判"之人一样也做了某种决定,虽然他们或许没有那么坚定。这也不过是在用另一种方法提醒你,一旦决定要做出评判、给出批评、发表立场,你可以——也应该——准备好有不少审判团会不约而至。要我说,多多益善。这样至少在我们之中,辩论的艺术和技巧就绝对不会失传了。

13

都是哺乳动物

你的问题——读什么书,研究哪些人——是我经常被问到的。这种探询照理不难解答。但事实并非如此,原因也不止一个。第一个,也是最易想到的,就是对事理的判断不应仰赖权威。你一定注意到我也会大量使用摘录和引文,不止为了炫耀我的阅读量,也为了能照亮我的文本,为了借助那些能把我的想法表述得比我自己更好的人。所以我劝你要提防的弱点,自己也常受其害。我的确会时常回到那几个鼓舞我的源泉,但为什么他们对我产生了那样的意义倒也不容易分辨清楚。

然后就有心境的问题。一个反对派和批判者

的头脑,并不一定会保持一种热切投入、坚定不移的状态;你会承受大量的灰心丧气,所以有些天,甚至有些年,第欧根尼*会比王尔德更与你投契。东欧了不起的异见传统中,我能想到两个了不起的作者——切斯瓦夫·米沃什和米兰·昆德拉,他们都从经营悲观情绪的习惯里获益良多。当米沃什在《被禁锢的头脑》中写到巴尔干的几个国家时——其中包括他祖籍所在,且衷心热爱的立陶宛——就如同它们已经被斯大林主义完全抹去了,就像那些被欧洲征服者一次次剿灭的美洲原住民一样。在很多文章中,特别是小说《笑忘书》的序言里,昆德拉用相同的口吻描绘捷克斯洛伐克以及其他国家的"俄化",这些国家构成了曾经的 Mitteleuropa†。在他看来,这种可怕的现状是永恒的、不可逆转的。碰巧,对他们两人,我都曾

---

* Diogenes(约 412 BC—324 BC),古希腊哲学家,犬儒学派代表人物,强调禁欲主义的自给自足。
† 德语,意为:中欧。

有机会表达过我的异议——米沃什是当面,昆德拉是在印刷物之中——最终大家都活着见证了这些文化的留存和复兴。但我希望我自己并没有误解他们作品中最根本的斯多葛主义*;有时前途显得毫无希望可言,但他们不愿放弃。既已毫无出路,一种办法是让心境变得晦暗之极,把所有希望当作一厢情愿。对于那些前路漫漫且屡战屡败之人,悲观是个很好的盟友。(其他暂且不论——有些美洲原住民也发现了这一点——把最严酷和凄凉的场面呈现出来,反倒产生了一种与之相悖的效果:情绪和智能都被调动起来了。)

我自己从来没有陷入过一种被压迫到看似无望的境地,也不曾体会必须要召集勇气去抵抗此等局面。但通过观察那些有类似经历的人,我总结出那个接近绝望的时刻之后往往紧随着无畏,而非放

---

* Stoicism,古希腊的四大哲学学派之一,强调对痛苦泰然处之,在任何情况下保持坚忍、从容。

弃。在某种意义上，当你被逼到墙角，没有退路、非死即从的时候，选择已经只剩一个了。意识到这一点，像是挣脱了某种束缚。"我站在这里，别无选择。"我并不特别推荐马丁·路德——他又是那种面对无法解答之事，把接受神谕作为答案之人——但他的措辞能流传下来，有它的道理。

诺姆·乔姆斯基，最杰出的知识分子和关于道德的异议者，曾经写道，那句"向权力说真话"的老话被高估了。他指出，权力恐怕早就对真相心知肚明，他们在意的是查禁、限制、歪曲真相。所以，更聪明的做法是指点那些没有权力的人。我不确定这其中真有多少区别。虽然当权者看似严酷、自大，可他们也不过是会排泄和渴望的哺乳动物，也受失眠和不安全感的困扰。这些哺乳动物也必定极度虚荣，时常既渴望被畏惧，也同样期待被喜爱。亚历山大·索尔仁尼琴是我们这个时代的道德巨人之一，下决心写出自己国家隐秘的历史，一番辛劳之后却遭憎恶、监禁、流放。

可是，苏联政府在1987年夏天做出决定，在国立学校取消现有的历史课程，直到编纂出新的课本。我相信，即使没有这件事为他的奋斗正名（他从来不曾抱有那样的期望），索尔仁尼琴也依然死而无憾。他已经完成了自己想要达成的事。但"历史大势"要他不但启发他的读者，还有不少曾陷他于囹圄之人。这并不能弥补俄罗斯知识阶层无数惨死的人，他们的惨死没有打动任何读者和当权者。但话说回来，在某种意义上，这也的确可以成为"弥补"的一小步。

关于历史，关于那些相信"历史"的人，彼得·波特（Peter Porter）曾经写过一首很精湛、感人的诗：

《历史》

弗雷德里希·库茨基，人称"麦克"，
律师之子，暗通

俄国军事情报部门，

警告自己的上线，英国

不会为捷克斯洛伐克而战，

一个 NKVD* 的人

装成电梯维修工，在苏必利尔湖

把他从一艘谷物货船推下；

曼弗瑞德·洛文贺茨，大学的马克思团体里

都叫他"汤姆"，在巴塞罗那

为 POUM† 的倾覆而奔走（奥威尔

知道他，但两人没有见过），加泰罗尼亚投降

三周之后，在莫斯科被捕：据说

死在狱中；

弗兰克·马绍尔，因为名字古怪，

被称为"英格兰人"，一下升到了共产国际总部，

躲过了 '36

---

* （苏联）人民内务委员会，被认为是 KGB 的前身。
† （西班牙）马克思主义统一工人党。

和'37的公审*,莫洛托夫-里宾特洛甫条约†

签署之夜,在自己公寓里

消失:他的名字频繁在

叶若夫‡办公室残存的几份文件中出现:

西曼诺夫斯基兄弟,安德鲁

和耶日,带领着苏联勘察队在新地岛§确认了

关于镍矿的报告——

在白令海峡考察,他们的船

遭到不明飞机低空扫射,双双殒命:

1940年代莫斯科流传着一句话,MVD¶不只会

用碎冰锥;

最后一个是威利·马克斯,化名奥斯卡·奥丁,

---

* 斯大林为保护专制所发起的"大清洗"的一部分。
† Molotov-Ribbentrop Pact,又称《苏德互不侵犯条约》《苏德条约》,或《希特勒-斯大林条约》。莫洛托夫和里宾特洛甫分别是苏联和纳粹德国的外交部长。
‡ Nikolay Yezhov(1895—1939),苏联秘密警察首脑。
§ 位于俄罗斯西伯利亚北部海岸外。
¶ (苏联)内务部。

13　都是哺乳动物

这群人都叫他"老爷爷",在德奥合并

前一天撞上了维也纳的

一辆电车,刺杀希特勒

的计划就藏在鞋子里——

没人知道是党的哪个机构

要致他死命。六个来自多种族

加利西亚小镇的中产阶级

少年,其中三个是犹太人,只有一个

在新英格兰大学留下一位

遗孀。他们的故事永远不会被提起。

我们这段历史中最可铭记的时刻之一,是曼德拉见到了那些把他监禁了四分之一世纪的当权者。全球的声讨,以及被压迫者渐起的反抗势头,让当权者动摇了起来。"曼德拉"这个名字,本以为会被漫长而严酷的牢狱之灾掩埋,却在每个人的唇间传颂。行了,他们紧张地对他说道,你可以走了。你自由了。他的回答是——我不会走的。

你们没有权力释放我，更何况释放我只是为了满足你们自己。在我听到其他所有人也被释放，而所有独裁的律法都被废除之前，我不会走出这间牢房。在那一刻，钥匙握在谁的手中是显而易见的。（在那之前，各种伪外交的妥协方案都曾摆到桌上，为的是那些种族主义篡权者至少可以保留一点赃物，留存一点颜面。）

有些人当年初见面或结交时，还是政治犯、流亡者或难民，后来能重新见到他们，是我一生中最大的快慰，也是马齿渐长的一大优待。我第一次见到现在的南非总统塔博·姆贝基，是坐在二十世纪七十年代伦敦一个激进分子派对的地板上，派对很邋遢，他一点也不邋遢。他的父亲在祖国被判终身监禁，儿子身上于是背负着两条生命。我第一次见到现在的韩国总统、诺贝尔和平奖获得者金大中，他正不顾里根政府的反对，流亡在弗吉尼亚。他逃过了韩国军政府的一次暗杀和一次绑架——绑架是因为他居然胆大包天，在选举中只以微弱劣势落败——正考虑回国再次以身试险。(当他最后真的启程之时,我和他一起上了飞机;他被逮捕时,我就在他身边,直到今日依然让我非常自豪。)一个流亡的捷克朋友后来成了他们国家的外交部部长,一个津巴布韦的朋友曾和我一起在牛津组织过抗议集会,后来他也成为自己国家的外交部部长。那次集会上的一个女子二十五年之后成了南非议会的议长。亚当·米奇尼克(Adam Michnik)是波兰一个言谈机智的异议者,我1975年遇到他时,他还在百般腾挪绕开斯大林主义的审查,今天亚当是华沙一家大报的主编。我年轻的时候,希腊、西班牙和葡萄牙都有北约支持的独裁政权,我采访过的一些当时正躲藏或逃亡的人,后来成了部长、政党领袖、外交官和公共知识分子。我第一次拥抱我的智利朋友阿里尔·多夫曼(Ariel Dorfman),他刚刚在华盛顿的智利大使馆外朗诵完自己的抗议诗作,十四年之后,他成了那个大使馆欢迎宴会的主宾,那次宴会我也参加了。世上没有一种快意能与之相比,也没有其他的事更让我满足。我想我可以诚恳地说,这些同志一个也没有——像历史上时常发生的那样——到头来自己成了审查者、警察、狱卒或民粹领袖。西蒙娜·薇依那句悲观的警句虽然有名,但"正义是那个从胜利者阵营叛逃的人"并非铁律。可惜我的论断也未必对:乔治·费尔南德斯(George Fernandez),那个勇敢的铁路工会领袖、印度共产党首脑,曾在英迪拉·甘地的"紧急状态"中被殴打和囚禁,后来成了国防部长,为一个印度教的宗派政府工作,大力鼓吹灾难性的核武政策。所以我们必须要警惕:塔博·姆贝基成为总统之后发表了一些愚蠢的关于艾滋的言论。纳尔逊·曼德拉曾发表演讲,维护丑恶的丹尼尔·阿拉普·莫伊*,声称他是殖民主义宣传机器的

---

* Daniel Arap Moi(1924—2020),肯尼亚政治人物,1978 年至 2002 年任肯尼亚总统。

受害者。亚历山大·索尔仁尼琴回到莫斯科,主持了一档稀奇古怪的保守派电视节目。瓦茨拉夫·哈维尔,我曾和他在一座荒唐而威严的布拉格"城堡"下共用午餐,这座建筑正是他从一些卡夫卡式的共产主义者手中夺过来的;只不过我每次提到对于吉卜赛人的处理方式,他都立刻尴尬起来。

但如果你从正确的角度看待它,这其中也不啻是种宽慰。马丁·路德·金博士的博士论文是抄袭的,而他在人间的最后一夜,是在一些不甚体面的男女之事中度过的。后一件事倒也不能怎么怪他;他一直活在死亡的阴影中,而我们尚未发明出比厄洛斯更好的抵御塔纳托斯的办法,里尔克不是最早(也一定不是最后一个)指出这一点的人。要说到前一件事,他最有名的演讲就是即兴抛出的摘录和引文,综合出一种震撼人心的效果。我欣喜于他有泥做的双脚*,有消化道和生殖

---

* 英语表达,出自《圣经》,一般指性格中隐藏的弱点。

器官：所有人类的成就都只能由我们这些哺乳动物去争取，而意识到这一点（有意思的是，那些没有性别的石膏圣人和假想的天使正好站在它的反面）对我们有好处。它强烈地暗示我们，那些英雄的事迹任何人都做得到。我们现在的文化常愚蠢地强调那些"楷模"，所推举的例子都是些巨星、王妃和其他半人半仙的生物；幸好，在我看来，他们的人生本来就是要你模仿不成的。

我再给你举两个例子，可当作轶闻一听。和不同的人来往时，问问他们是否知道上一次获得诺贝尔和平奖的美国人是谁；我自己曾在各种大型的集会尝试过。诺贝尔奖，特别是这个类别，在美国受到的关注并不少；但你会发现没有人能说得出来。（答案是 1997 年的乔迪·威廉姆斯[*]，代表国际禁止地雷运动。）但你还可以试试看，能不

---

[*] 本书英文版于 2001 年出版之后，美国又获得了三次诺贝尔和平奖。分别是 2002 年的吉米·卡特，2007 年的阿尔·戈尔，2009 年的巴拉克·奥巴马。

能找到一个没有听说戴安娜王妃在某雷区边拍照的人。我们在这些事情上遵从的是另一个版本的格雷欣法则*：我们不但认可那些假的，而且忽略和排斥那些真的。（这种事情也是"鱼要烂，头先臭"：克林顿总统派了妻子去参加王妃的葬礼，但作为总统却没有照惯例致电恭喜威廉姆斯女士，只因为后者曾公开批评他拒绝将这个超级大国的签名落在禁止地雷的条约上。）

我的朋友彼得·施耐德†是位了不起的记录柏林生活的小说家，曾经研究并写过一个战时真实的故事。当时纳粹种族法规定犹太人不能和雅利安人通婚，施耐德讲述了违反这条律令的柏林犹太人是如何得到庇护的。当时并没有什么正式的

---

* Gresham's law，即劣币驱逐良币法则，指两种实际价值不同的金属货币同时流通时，实际价值较高的良币必被实际价值较低的劣币所排斥。
† Peter Schneider（1940— ），德国作家，小说《连茨》于1973年出版，成为风靡一时的左翼文本。代表作有小说《跳墙者》，非虚构作品《柏林》《反叛》《幻想：我的68年》等。

安排，但几千个普通的柏林人今天这里提供一个铺位，明天那家拿出一本配给票证簿，就这样保全了几百个犹太人。彼得以为这本书会有很好的反响，描写德国人正直的故事，市场上总是欢迎的。可读者对它并不友好。彼得是过了很久才明白，他描绘的事迹虽然慷慨、勇敢，也只是普通公民谈不上光辉的微小举动罢了，但这样一来，成千上万德国人民道义上的不在场证据却顿时崩塌，因为他们的袖手旁观向来有个借口，那便是在当时的恐怖统治下，任何抵抗的姿态都是不可能的。明白了这一点让人沮丧，但不要让它遮蔽这个故事真正的寓意：每个人都可以做一些事，而成为一个异见者，并不是——也不应该是——要你领取圣人协会的会员身份。换言之，越容易犯错的哺乳动物，他的榜样力量也就越强。这件事时常能让我高兴起来。

14

异见者终究是少数

约瑟夫·海勒的《第二十二条军规》,我希望也相信你读过至少一遍,书中的反英雄约塞连和代表军事权威思维的长官之间有这样一段对话:

> 丹比少校脸上是傲慢的微笑,纵容地答道:"可约塞连啊,要是每个人都那么想怎么办呢?"
> "那我要是不这么想不就蠢到家了么,对吧?"

比起现在,我第一次读到这段话的时候更易受学校老师和神职人员的摆布,面对他们烦人的

"坏先例""坏榜样"的指摘，我也更需要一句机敏的反驳。海勒用这种荒唐却极具颠覆性的辩证法，一语中的；当然，如果怪人和质疑者成了大多数，那么他们就不再是怪人和质疑者了。同样不用担心的是这样的人会过剩。那些需要或希望独立思考的人永远会是少数；人类可能有个人主义或自恋的天性，但作为一个群体其实控制起来并不难。大家都需要安慰和归属感。这种对立有时候会在压力之下自己显现：品味一下两句众所周知的经典"异见"，作者分别是阿尔贝·加缪和 E. M. 福斯特。加缪的出生地阿尔及利亚当时正上演一场不公正的殖民战争，起义者随机引爆的炸弹，炸死占领军和自己年迈母亲的概率相差并不大，加缪的论述是：如果非要在正义和母亲之间做出选择，他大概只好选择母亲。而福斯特的那句话是：如果仅有的选项是背叛祖国和背叛朋友，他希望自己有足够的勇气去背叛祖国。两人的观点都需要背景——福斯特写这句话的时候,"王与国"几乎成了愚昧沙文主义的代名词——但你也注意到,这两个例子中,他们都没有诉诸个体的反抗,而是选择另一种忠诚和黏附;一个是传统的家庭至上,另一个是投靠惺惺相惜的小集团。

这其中有个重要的悖论在起作用:人们时常发现,那些迷恋反抗态度或实践的人,性格也往往独立或桀骜难驯;但他们之中的佼佼者,驱动力却来自对他人的关怀,或者是关切一些远大过他们自身的事业和运动。十九世纪后期和大半个二十世纪那些普罗米修斯般的个人英雄,他们之中有不少都坚信社会主义是合理且正义的。(我想到的是道德和思想领域的一些巨擘,像安东尼奥·葛兰西*、卡尔·李卜克内西、让·饶勒斯、迪

---

* Antonio Gramsci(1891—1937),意大利新马克思主义思想家、政治家,意大利共产党创始者、领导人之一。被墨索里尼政权送入监狱后,写下《狱中札记》,是政治理论史上的重要著作。

米特里杰·图佐维奇*、詹姆斯·康诺利†、尤金·德布兹，等等。如果你不了解他们的人生和成就，那是你的缺憾。）我的大部分人生里，都把自己看作这项事业中一个谦卑的斗士；我采用这样的说法有两个原因，一是我不得不承认，它的鼎盛时期恐怕已经过去；第二个原因更切题，那就是这样的效忠感会教你为了更大的利益把自己放在次要的位置。

这里完全没有什么不可调和的矛盾。社会主义的敌人从来没有停止过对所谓系统控制和整齐划一的冷嘲热讽，但实际上社会主义运动的历史上有无数伟大的时刻：它真正打破了工厂和贫民窟的"营房"体系，而那样的地方才把人类当作

---

* Dimitri Tucovic（1881—1914），塞尔维亚政治运动理论家、出版人，塞尔维亚社会民主党创始人。
† James Connolly（1868—1916），十九世纪末二十世纪初爱尔兰社会主义运动领导人；因为在"复活节叛乱"中的领袖作用，被英国政府处决。

机器使用——更不用提它对于军国主义和帝国主义的反抗,这也是旧世界的另两大特色,征用、收编人民,并把他们当作财产或大型实验的材料。社会主义运动让全民投票权得以实现,遏制了无限度的剥削,也帮助被殖民和被征服的人们获得独立。在它成功的地方,我们可以为它感到骄傲。当它失败了——就像它没能阻止第一次世界大战,后来也没能阻止法西斯的滋长——我们也可以坦然地为之遗憾。

只是,所有人也都知道另一份姓名(以及日期和地点)的清单,标记着第一、第二国际退化至第三国际的过程,虽然通常并不采用这样的说法。还有一些浪漫派或者教条主义者——如果你非要说的话,这两种头衔也可安放在我的头上——甚至清楚后来第四国际和上述过程的联系。把这件事讲明白需要另写一部书;但暂且让我们这样说，那张不为人知的名单上有像安德烈·宁*、维克多·塞尔日†、C. L. R. 詹姆斯‡这样非同小可的名字，他们代表着早已湮没的一代人，他们的异议和抵抗主要发生在一般人理解的"左派"内部，甚至就是针对所谓"左派"的。（这些学校里也不会教，但乔治·奥威尔和列夫·托洛茨基最好的文字不放在这个被阻断的传统里，就无法理解。）那本就是吸引他们投身斗争的原则，这些人不会拱手让出，而那些毁谤和消灭他们的人，只把他们看作装腔

---

* Andreu Nin（1896—1937），加泰罗尼亚共产主义者；在西班牙内战中，他于左派内斗中组建的政党站在了苏俄支持POUM（即上一章提到的马克思主义统一工人党）的对立面，后被逮捕、酷刑折磨，最后剥皮而死。

† Victor Serge（1890—1947），革命者、作家，出生于比利时，父母为俄国沙皇时期的流亡者。在法国和西班牙实践无政府主义，入狱之后，1919年来到彼得格勒，后加入共产国际。批评斯大林政权，入狱，发配奥伦堡。迫于国际压力，斯大林亲自审核案情，下令释放；塞尔日最后死于墨西哥。

‡ C. L. R. James（1901—1989），特立尼达作家、政治活动家。年少移居英国。1938年移居美国，因为马克思主义和劳工运动被遣送回英国。

作势的"个体",胆敢妨碍"历史大势"。"历史大势"就不多谈了:就算历史真有意志,那么它对于那些迫害者和刽子手似乎并不友善。我们只需记得,在关键时刻,这些英雄人物跟他们黑暗时代的先辈相比,道德的罗盘并不会更敏锐,而他们所能依靠的,与其说是任何一本历史唯物主义的著作,其实更是他们的良心。

把唯物史观运用在伦理和社会问题上,根本点就在于(到现在依然如此):它展示了有多少不幸福、不公正、不理智都是人为的。一旦所谓"万事皆为上帝安排"的迷雾散去,那么选择继续容忍这样的安排,就只能说是用词精准了——因为那的确是种"选择"。至少在所谓"西方",意识到这一点后就从未故态复萌,让人欣慰;马克思主义破门而入之前,你去看仅仅一个世纪前的书和评论,会震惊于当时大家认为哪些事情都是理所当然的。相比之下,宿命论和宗教信仰是其中最不坏的部分;我们谈论的是犬儒主义和功利主义联合到了一起。别让自己忘记了过去，但也要试图从那些挑战旧世界的艰辛故事里汲取养分；用最简单的意思概括，就是不要让任何党派或小集团——不管多么崇高——替你思考。任何人说话时自信地谈起"我们"，或者代"我们"发言，都要警惕。如果自己的文风当中发现有这样的语气滋生，更不可大意。寻求安全感和大多数人的认可，并不一定就等同于团结；它也可以演化为排斥异见、专制和部落主义。永远不要忘记，即使有"群众"要唤起，有"人民"要颂扬，他们按定义也是由个体组成的。永远不要跟你心中的约塞连闹翻。

几封信之前，我承诺要就"激进分子"这个名称说几句。这也是一个被用得有些磨损的词，但它的出身高贵；伟大的托马斯·潘恩曾提到要"提斧砍向根源"，而"激进分子"这个定义的精髓就在于它的词源就是"根"。从某个角度看，托马斯·潘恩本人就是绝佳的例证；他看出十三个殖民地困苦的根源就在汉诺威王室,当时美国大部分的未来领袖都还是君主主义者,愿意和英国维持联系,只有潘恩不遗余力地宣扬独立。另一方面*——这个短语除了用作菲伊·雷自传的书名,实在无甚可取之处——法国革命的切身体会又让他很清楚:极端分子,以及那些认定自己掌握真理,并有权利将真理强加于世界的人,十分危险。事实上,对潘恩最光辉的评定,就是他希望法国革命能更加温和、人道,而美国革命能更彻底和深刻(废除奴隶制,善待原住民)。在某种意义上——虽然因为和伯克的较量而被人忽视——这让潘恩更像一个保守派†。他当然一辈子反对"大政府",而且反对的不只是君主主义或宗教主导的大

---

* 原文"on the other hand"。后面所提到的自传书名即为 *On the other hand*,作者菲伊·雷(Fay Wray)是1933年《金刚》女主演;她因为电影海报上被金刚捏在手中的画面而留存于影史。

† 在法国大革命期间,托马斯·潘恩支持法国大革命,埃德蒙·伯克反对法国大革命,由此而引发的论争被认为是政治哲学左右派的雏形。

政府。反过来，伯克虽然维护的是保守党和皇室的利益，但在支持美国殖民地的权利，支持被东印度公司掠夺欺凌的孟加拉人，支持他的同胞爱尔兰人这些议题上，他都是强大的声音。革命事业之中潜藏着反革命分子，经过无数的清洗和假公审，我们已经不觉新鲜了。但在看似反革命的阵营里，却也找得到太多赤诚高洁的极端分子和革命者。所谓"激进的保守派"，并非自相矛盾的说法。

我年轻的时候全身心投入反抗越战，到今天依然遗憾没有为当时的反战运动出更多的力。大学时，那一代美国的年轻人都为征兵感到极为痛苦；我曾帮助他们抵抗征兵，也十分清楚，说他们这样做主要是为了明哲保身，绝对是种诽谤。（好吧，也并非那么绝对，当时的伙伴中就有一位美国青年躲避征兵是为了追逐私利：比尔·克林顿。）征兵的核心问题，在很多人看来，在于它理论上是针对全体人民的，所以任何回避或逃避的人实际上就是迫使另外一个人上了战场。这个想法对于那些生活更优越的反战者有巨大的影响力，因为他们反战本就和民权运动、"消灭贫穷之战"一脉相承。他们的良心实际上就是被社会给集体化了，虽然我们那时候绝不会用这样的词。那些拒不服从的人，不管是焚烧征兵卡、入狱或流亡，我那时和现在都认定他们完全是正确的。当你"自己的"政府参与到一场充满欺骗的非正义战争，你有义务反对它、阻碍它，和受害者站到一起。

不过——这一点我要到很久之后才想明白——征兵之所以被废除，靠的是一些甚至不怎么反对战争的人所作的论证。尼克松总统设立了一个委员会，里面有米尔顿·弗里德曼教授——大名鼎鼎的《资本主义与自由》的作者——和艾伦·格林斯潘，后来他也获得名声是因为当上了联邦储备委员会的主席，但那时候他最为人知晓的是追随极端自由主义者安·兰德。仅靠他们两人，就说服了委员会其他成员，征兵是国家权力无可辩解的滥用，是"无代表，却纳税"*的变体，（用弗里德曼的话来说）是"奴隶制"的一种。所以，当我们扛着红旗和民族解放阵线的旗帜在街巷中斗争时，自由市场的拥护者却在密室中声张着我们的吁求。要说其中的讽刺意味，恐怕双方都是被嘲笑的对象——我要你注意这件事，是因为现在仍然有自由派和社会民主人士认为强制征兵是某种能改善心灵、均衡社会资源、混合不同阶层的公益项目，是一种很好的社会工程。

所以，要成为一个"激进分子"，那就不要完全否认自己的核心假设可能是场误会。既然你问了，我要说，那些左派的信条我并没有全都放弃。我依然认为在分析问题时，尚没有其他的架构可以超越唯物史观；我依然认为存在对立的阶级利益；我依然认为垄断资本主义能够——也应当——

---

* "无代表，不纳税"（No Taxation Without Representation）是引发美国独立战争的口号之一，即北美殖民地认为既然没有在英国议会的发言权，那么征税便是不正当的。

和自由市场区分开来，而且前者不管是长期还是短期之内都有致命的缺陷。但自由主义思想对这种世界观的批判，也让我学到了很多，而与此同时，我也愈发尊重那些在周围的主流观念几乎都信奉国家主义时，却坚持那种批判的人。

我之前提过七十年代中期认识的一个波兰异见者亚当·米奇尼克。他在政治上和当时波兰的很多反共产主义者不同，并不属于右派，事实上，他有一些"托派"的朋友（这也是为何我会见到他），也和欧洲传统的左派人士有来往。不过，他有一句话在后来的岁月中改变了我的人生。区分不同体系的关键之处，他说，已经不再是意识形态；政治上至关重要的分别，就在于认不认为公民可以——或者应该——成为"国家的财产"。这种想法响亮应和了托马斯·潘恩对于奴隶制的攻击——"人不能当作财产被他人拥有"。我排斥用核武器保障国家安全，也是一个道理，这种政策假设自己的国民是可以被放弃的。如果你追索真正激进的结论，那我建议你沿着亚当那句犀利的话所暗示的道路前行。曾经那头利维坦,让亚当那一小撮批评者显得那样微不足道,但亚当比巨兽的寿命要长久得多:如果我们努力,或许也能这样幸运。

又及:语言问题再提一句。我刚刚提醒你,留心那些未经过你的同意就动用"我们"这类称谓的人;这一点上希望你再添一份警惕。这其中牵涉另一种偷偷摸摸的征召,会巧妙地暗示"我们"对于"共同的"的利益和身份已经达成了一致。民粹主义的独裁者试图让你在不经意间接受它;有些文学评论者也是这样("我们的感受力于此被调动起来……")。永远要问一问,这个"我们"是谁;很多时候,都是有人想要夹带一些部落主义的私货。有一个叫作罗恩·"莫拉那"·卡伦加*的人物,不

---

* Ron "Maulana" Karenga(1941—),原名 Ron Everett,Maulana 是斯瓦西里-阿拉伯语中的"大师",Karenga 是斯瓦西里语中的"传统维护者"。

但荒唐,而且险恶——除了鼓吹"黑人英语",创立"宽扎文化节*",还制造出不少民间传说般的民族主义胡话——他曾经领导了一个政治教派叫作US†。他们的口号——古怪得让人印象深刻,同时又暴露了文盲程度——是"不管US在哪里,我们就在"。后来发现这个组织私下接受FBI的经济支持,虽然这并不是这个故事的重点。约瑟夫·海勒明白,人因为需要归属感,需要安全感,会接受一些致命且愚昧的条件,然后表现得好像这些条件是他们强加在自己身上的。

---

* Kwanzaa,非裔美国人的节日,创立于1966年。
† 此名称主旨在于黑人把自己称作"我们"(Us Black People),和"他们"对立,据说也与以下两个词的首字母缩写有关:United Slaves(联合奴隶),United States(美国)。

15

要多旅行

我只能说,不,我不认为归属于某个团结的集体是一件多么值得渴慕的事情。我不否认它能赋予一些自豪感,让人互相帮助,甚至生发出兄弟或姐妹情谊,但它有太多方面只让人觉得窒息,而且起码有很多好处——不说绝大多数——是可以通过其他途径获得的。

正如你也指出,这些话我说起来容易。我出生在英格兰,从小到大都身处在受过良好教育的阶层,无法否认,与生俱来就获得了某种保障。但是,有句话说得很好:"那些只见识过英格兰的人,对英格兰又能知晓多少?"这个判断,根据实际情况做些修改，其实适用于所有的国家和文化。我强烈建议你尽可能多旅行，并让自己成长为一个国际主义者。要塑造一个激进分子，旅行的重要性不亚于任何一本书。

在我成长的那些年，直到大概三十岁来美国之前，英国正经历着一个转型，从单一种族的殖民社会过渡到混合文化的后殖民社会。我来自一个海军、陆军家庭，有为帝国效忠的绵长传统；我最初的记忆就是在瓦莱塔*坐渡轮横穿"大港"†，那时候马耳他还是英国的殖民地。再大一些，听到的背景音就包括大英帝国在苏伊士运河、塞浦路斯、亚丁和非洲的统治力量分崩离析；也因为我从小到大从未远离英国的海军基地，这种噪音也被军人的愤懑低吼放大了。我的祖父第一次世界大战的时候在印度服役，我的父亲曾被派往多

---

* Valeta，马耳他首都。
† Grand Harbor，马耳他最大的天然良港，位于首都瓦莱塔与古城圣格莱亚和考斯皮卡之间。

个英国在海外的"属地",远到中国海岸线上的飞地、好望角和福克兰群岛。(他曾经在塞浦路斯出力镇压过一次叛乱,我1981年在那里结婚,是他半个世纪以来第一次重访这个岛国。)我们的叔婶和表亲从南非寄来信件是常有的事,他们有时也会来家里做客,姿态中总隐约像在"辩解"什么。

不能说父母对我的教养中有什么丑恶的想法或言行——他们足够聪明,不至于被任何偏见所牵累——但对外国人的总体态度还是属于"看好钱包,别喝水"那一派,而且英国的下流报刊和不少政客对这种态度也起了推波助澜的作用。我二十多岁开始真正潜心旅行,很多目的地都曾被英国管辖,虽然我不忘社会主义者的种种信念,但可以这么形容:走进那些集市前,还是要强迫自己克服恶心和紧张。(直到1993年,我供稿的杂志社派我周游非洲,华盛顿没有一个人能幸免于祝我在"最黑暗的非洲""黑暗的心脏""黑暗大陆"好运。但是去了非洲就知道,那里给人的第一印象会是明亮得炫目。)

从某个角度来说,旅行让我更狭隘了。我发现了一件很平常又无趣的事情,那就是哪里的人都一样,我们这个物种不同成员间的差异微乎其微。这当然是种鼓舞;回国看到新闻里暴怒或无助的平民,不管他们属于哪个偏执或麻木的族群,你都不会轻易受其影响。另一方面,这个发现也让人沮丧:引发对抗、使人蠢笨的东西,到哪里都是如出一辙。有两样最坏的东西,不出门也琢磨得明白,就是种族歧视和宗教。(当它们联合起来的时候,大概就是纳粹给人的感受了吧。)弗洛伊德写到"细微差异的自我迷恋"时真是精准得叫人击节:在外人看来无关紧要的差别,对于狭隘和粗陋的头脑来说,就是挥之不去的心事。要是在当地待得够久,你可以慢慢研习如何凭直觉在贝尔法斯特分辨新教徒和天主教徒,在斯里兰卡分辨塔米尔人和僧伽罗人。当你听到那里的偏执之辈谈论"另外那些人"时的论调,简直和当年殖民主子的口吻没有什么两样。(脏,容易犯罪,懒,在男女事上极不可靠,以及——这一点危害尤重——繁衍起来速度惊人。)在塞浦路斯,一个我了解和热爱的地方,因为军事占领和人为分隔,两方之间几乎所有的交流都已停滞和受到约束。但希腊人与土耳其人之间的合作却能在某些领域超越这种隔离。其中之一是首都的排污系统,因为城市虽然分裂,但秽物可分不清种族隔离的界线在哪里。另一个是地域性的镰刀形细胞血液病,或叫作"地中海贫血症",对两个群体都有影响。一个希腊裔的塞浦路斯医生参与了和土耳其同事联合开展的医学研究,对付这一共同的病症;那天他告诉我说:挺有意思的,只检测血样的话你分不出来哪些是土耳其人的,哪些是希腊人的。我想问他,在他没有成为医护人员之前,难道他以为这两个民族是从彼此扞格的基因材料塑造出来的吗?

我们依然活在这个族类的史前阶段,还远未跟上那些关于我们自身和宇宙本质的各种重大发现。解开基因组的线绞，实际上已经废止了种族主义和上帝创世论，哈勃和霍金的惊人发现让我们得以揣测宇宙的起源。但那些关于部落、种族和信仰的古老的胡话，实在是亲切得让人欲罢不能。

我对"分割疆域"一事小有研究——顺便提一句，这也是大英帝国的"遗泽"之一，虽然完全归咎于我们倒也有欠公允——而且大多数此类边界我都曾穿越，亲眼目睹它们如何将愚昧和仇恨定格于时空中。尼科西亚*莱德拉宫廷酒店的检查站；横跨约旦河的艾伦比桥†；朝鲜半岛的板门店"停战区"（依然不能穿越，虽然我从两侧都观察过它）；雅达利边防哨所切断了连接阿姆利则‡

---

* Nicosia，塞浦路斯首都，被希腊族人和土耳其族人一分为二。
† Allenby Bridge，也称侯赛因桥，连接约旦和以色列。
‡ Amritsar，印度西北旁遮普邦的城市，靠近巴基斯坦边境，锡克教圣地。

和拉合尔*的大干线公路†，是印度和巴基斯坦之间唯一的陆路通道；在戈兰高地，有一座"呼喊之山"‡，村民隔山以山名中提及的方式交流（山的两侧我也都曾站立过）；多文化的波斯尼亚全境遍布着检查站，几乎要让国家停滞；还有从加沙到耶路撒冷路上的"海关"……我曾在这样的地方日晒雨淋，在每一处都曾被恶声恶气的守卫讨要贿赂，或见到可怜的哀求者被无情羞辱。有些壁垒，像柏林的查理检查站§、英国军队在德里市和多恩高尔郡之间建起的地堡¶，都已崩塌，或部分瓦解，或只成了我护照上的一个记号。其他那些壁垒终有一天也会崩塌的。但想到为了维持它们曾空耗

---

* Lahore，巴基斯坦旁遮普省的省会。
† Grand Trunk Road，亚洲最早的主干道之一，连接印度次大陆的东西两侧。
‡ 原文 Hill of Shouts，也作 Shouting Hill，在以色列境内，紧邻叙利亚。
§ Checkpoint Charlie，原东西柏林之间专供外国人通行的关卡。
¶ 英国和北爱尔兰之间的边境线。因为二十世纪七十年代早期至九十年代末期冲突愈发激烈，很多关口都被关闭。

的精力和生命,或单单只因为它们能造成如此卑劣的心态……在某些方面我替那些人感到惋惜,他们太不明白生而为人究竟意义何在,实在可怜。但我也让自己硬起心肠,决定为此更加痛恨他们,既因为他们施加的痛苦,也因为他们找的龌龊借口。尤其让我恼怒的是"歧视"(discrimination)还有一个意思是"甄别"。会甄别是可贵的;而当你判定一个种族之内的所有成员彼此没有差别,缺乏的正是这项能力。

在一个"后基因组"的世界里,反对种族主义是反对这个概念本身。这一认知落后现实太多。伪科学家试图找出所谓"证据",要证明智商和"种族"之间的联系,批评他们是对的,因为"智"的定义本来就朦胧又随人而异,更不用说变化多端的所谓"商"了。但他们的另一个假设必定更难以自圆其说,就是一个人的"种族"本身可以精确划分。就在我写这一封信的时候,早上送来的《纽约时报》有个让人难以一笑置之的新闻,某新上任的检察总长曾经接受了南方一所"大学"的荣誉学位,这个机构禁止"跨种族恋情"。有些人说这所"大学"是倒退的,还有一些人更宽容,说它已经容许跨种族恋爱,只要父母允准。而我不能接受的是任何人将"跨种族"这个名称用来形容一个男孩和女孩的相遇;或者,要细究的话,也包括男孩和男孩,女孩和女孩,这在将来一定也不是需要额外说明的情况。

我每年都要去美利坚合众国的参议院更新通行证,去了很多年,每一次都要填两份表格。第一份要我提供个人资料,第二份明确了我在填写第一份表格时,若有作伪会受到法律惩罚。我要感谢第二份保证书,因为需要我填写"种族"的时候,我填入的总是"人类"。这个填法每年都会惹来一通争执。"写'白'。"有次一个工作人员告诉我——我可以补充一句,他是非洲裔美国人。我解释道,"白"甚至不是一种颜色,更不是一个种族。我也让他注意我签了伪誓条款,只能坚持说出真相。"写'高加索'。"他们还曾这样指示过。我说我跟高加索根本就没有联系，也不相信炮制出这个类别的过时的人种学。每年如此，直到有一回看到表格上没有了"种族"这个空栏。我很想要讨些功劳，不过大概和我并无关系。我给你讲这个故事，是我建议的一部分：不管胜算如何，总不能服气，尤其是希望渺茫的时候也可以争一争，这是很好的锻炼机会。

允许自己接受旅行的影响，也有积极正面的回报，我之前似乎说得太简略了。当你发现愚昧和残忍在世界各地都无甚区别的同时，你也懂得了人本主义的精髓在世界各地也都是一样的。虽然分割线意味着旁遮普*和次大陆都是残缺的，但阿姆利则和拉合尔的旁遮普人都一样好客和包容。虽然乌尔斯特†和爱尔兰都一样是分裂的，但在

---

*   Punjab，位于印度次大陆西北边缘，巴基斯坦的旁遮普省和印度的旁遮普邦相连。
†   Ulster，位于爱尔兰岛北部，分属爱尔兰共和国和英国。

北爱尔兰的六个郡当中无神论者和不可知论者的数量让人振奋。迷信、部落主义、对"异己"的性爱方式的憎恶，虽然人难以逃脱这些情绪的怂恿，但最关键的是，你会知道对于正义和自由的本能渴求也丝毫不弱。人们知道他们听到的是谎言，知道有些统治是荒谬的，知道他们并不爱身上的枷锁；每一个巴士底狱沦陷时，你总会惊喜地发现原来有那么多理智和正直的人一直就在那里。吃饱就满足，挨饿就反抗，这种判断是否正确，争论由来已久：但这件事不值得一辩。最重要的器官是头脑，不是肚子。不愿被欺侮是出于人的自尊，这种感受是不会被磨灭的。

我有一个索马里的朋友，西方社会 1992 年对她不幸的祖国进行干预时*，她成了一个人权信息的交换所。几个比利时士兵一时慌乱朝当地人群开

---

* 1991 年巴雷政府被推翻之后，军阀混战，联合国于 1992 年底通过决议案，组织了第一期索马里援助行动。

枪，杀死了几个平民。拉其雅*的电话总机立马亮了起来，每家比利时媒体都要采访她。可惜，这些记者和编辑只想知道一件事：这几个比利时军人是弗兰芒人还是瓦龙人？对于这样无关紧要的疑问，拉其雅的答复是：她的机构对于比利时的部落仇恨持中立态度——我想她答得一定饶有兴致。这段记忆提醒我，还欠你一封关于幽默为何重要的信。

又及：再提一个我在远行中捡拾起的小东西，在讨论激进派行事作风的时候，它经常被提起。当心身份政治。我重新表述一下：离身份政治越远越好。**"个人的都是政治的。"** 我记得非常清楚第一次听到这种说法的时候。一开始，它是对1968年之后各种失败和衰退的反应：你可以称它为一项安慰奖，颁给那些错过了1968的人。我从骨子里知道

---

* 拉其雅·奥马尔（Rakiya Omaar, 1956— ），人权组织领导人，她对当时联合国的行动提出了很多批评。

一个真正**糟糕的**想法要传播起来了。我的第一反应并没有错。在集会上,开始有人站起来长篇大论他们的感受,而不是他们思考的结果或方法,开始大谈他们是谁,而不是他们做过什么、相信什么(或许他们的这一栏也只能空缺)。这也是"细微差别的自我迷恋",但却是一种更加无趣的形式,因为每个因身份构成的团体还会继续细分,并发明更多的"差异性"。这种倾向经常被嘲讽——变性残障彻罗基女同性恋派别中的肥胖分会要求民众听到她们的吁求——但嘲讽得还不够。你要看它在你眼前发生才能明白。它从某种形式的激进很快演化成了某种反动;克拉伦斯·托马斯的听证会*向所有人

---

* 1992年,在托马斯被乔治·H. W. 布什选入最高法院之后,他曾经的下属,安妮塔·希尔,控诉他曾经性骚扰。希钦斯在此事的立场曾在他的文集《只为一辩》(*For the Sake of Argument*)中《对仆人太严酷》("Hard on the Houseboy")一文里有所展开,(结合此处含义)可粗略总结为:一,托马斯的黑人身份被左右派政治机器当作了筹码;二,托马斯对民权运动的看轻是一种"反动",另外他把保守派对自己的看重视为个人奋斗的结果,也很可笑。

展示了这一点，也只有最愚钝、无聊和自私的人才视而不见，但话说回来，正是那些愚钝、无聊、自私的人永远把"身份政治"当成自己的出头机会。

不管怎样，当你探头从围墙上张望，看到了生活的街区或者身边的环境以外的世界，并朝远方游历，很快你会意识到：第一，我们之中有人一点也不想改变他们生来就继承的生活方式，也不想改变他们生来就归属的团体，很遗憾这样的人依然太多；第二，那些有足够智慧，不抱如此观念的人——或者我能否说，没有如此"感受"的人——才是"人道精神"（以及"追求改变"这一理念）的最好代表。

16

关于幽默

好吧,我的确承诺要豁出性命,写一写幽默。先说"急智"(wit)这个词,如果像上文那般使用*,指的就是一种内在的智力和识见。当我们说一个人依靠"头脑"(wit)安身立命,并不意味着他的生计就是表演单口喜剧;当我们骂一个人"智残"(half-wit),并没有暗指他性格中缺乏诙谐的一面。但智力和幽默之间有某种关联,虽然试图描绘这种关系极不明智,确是我此刻准备尝试的。

这个讨论从我的朋友马丁·艾米斯开始,极其

---

* 第十五封信最后一句中的"智慧",原文也是 wit。

恰当，他的所有创作都生动且持久地示范了如何将喜剧天才和高超智慧结合在一起。在回忆录《经验》（*Experience*）中，他报复某个笨蛋，形容他没有幽默感，并补充道，如此形容又是刻意要戳穿他为人极不严肃。激进主义首先是人本精神，否则它就什么都不是；要研究人类，先了解人*，会笑是定义人类的官能，也是把他们和其他动物区分出来的标志。（我无意看低其他高级哺乳动物，它们或许也很顽皮，甚至会恶作剧，但是它们不懂得反讽。）一个人缺乏幽默感，我们倒并不那么担心他智力异常，更多的是疑忌他人性不足。当我们遇到安东尼·鲍威尔笔下的威德莫普尔†时，我们总担心这样的人有变态的人格或蛇蝎的心肠。

---

* 原文：The proper study of mankind is man，出自蒲柏的诗《人论》（*An Essay on Man*，1734）。
† 安东尼·鲍威尔的十二卷《随时间的音乐起舞》描绘了威德莫普尔从一个投机商人到左派政客，最后受封贵族头衔的奋斗史，塑造了一个心机深沉歹毒，但言谈举止无趣到可笑的人物。

笑声可以是最让人不安的声响；暴民行径里，笑声是最不可或缺的元素，在私刑将人吊死的观众中，或处决罪犯的法场上，嘲讽或讥笑总是背景音的一部分。很多时候，群众或观众的笑声常有种共谋或奴仆之气，只为了显示他们"听懂了"笑话，大家都是自己人。（其中最恶劣的例子是无聊的种族主义笑话，毫不费力就可以引发笑声。不过还有一些所谓"讨好所有人的喜剧"，糟糕到要强加给你一道后巴普洛夫式的"笑声音轨"。）所以有些乐观之人的说法并不对，幽默的本质并不是颠覆。它可以是迎合那些熟悉或陈腐的想法，从共同的欢笑中获得一种安心。《读者文摘》以前每个月都有一个让人非常痛苦的栏目（说不定现在还有），名称就让人浑身难受："笑声——包治百病。"

这几乎从定义就让它变得保守，因为幽默的精妙之处，正在于它能让人震动，让人吃惊，能在不经意间发生。弗洛伊德在他的《诙谐及其与潜意识的关系》和对于梦的解读中认为这一点值得研讨；丈夫对妻子宣布："如果我们当中有一个人死了，我就住到巴黎去。"据说在德奥合并之时弗洛伊德被困在维也纳，他向纳粹申请一张安全通行证。他们的条件是要弗洛伊德签一份声明，说纳粹待他不薄。弗洛伊德要求再补充一句话，纳粹惊喜地发现他写的是："我诚心诚意向所有人推荐盖世太保。"可惜弗雷德里克·克鲁斯*向我保证，这件事绝对没有发生过。

历史记载了种种幽默的例子：在面对强权镇压（甚至是无情命运）一脸铁青色的肃穆时，幽默被用来作为反抗的手段；要是弗洛伊德那件轶闻是真的，也就能列于这项传统之中了。嘲讽过去东欧那些政权有很多笑话，每个人都有自己最喜欢的；米兰·昆德拉写了一整本叫作《玩笑》的小说，描述在错误的时间说错误的俏皮话

---

* Frederic Crews（1933— ），美国散文家、文学批评家、加州大学伯克利分校荣誉退休教授。二十世纪八九十年代重估弗洛伊德成就的论战中，克鲁斯是重要的参与者。

会引发多少麻烦，而或许最糟的还是之后要为它解释，替它辩护。我甚至还听过几个不错的苦涩笑话，是关于希特勒和斯大林噩梦之初的，但所谓的大屠杀幽默、古拉格幽默，倒真还不曾见到。不过，有一种幽默就是建立在犹太人带着反讽的宿命论上，它可以穿过几千年的耸肩，追溯到迈蒙尼德格外小心的那句（我在另外的场合已经提过）：虽然救世主会来，但他可能被耽搁了。切斯瓦夫·米沃什写过一首诗叫作《此路不通》（"Not This Way"），说反讽是"奴隶为之自豪的东西"：犀利的旁白和意味深长的俏皮话都是失败者的慰藉，威势和权力对它束手无策。刻板的头脑一遇反讽便大感不解，而继续强求解答只会让滑稽之处更加可笑。最经典的例子，也的的确确发生过，是 P. G. 伍德豪斯 1940 年在德军入侵法国时被意外逮捕。约瑟夫·戈培尔的宣传官员要他在柏林的广播里做节目，伍德豪斯鲁莽地应允了；他播送出来的第一段声音是这样的：

踏上人生征途的青年常常问我——"你是如何成为一个拘留犯的？"好吧，方式是多种多样的。我自己的办法是在法国北部购置了一处地产，守候着德国军队到来。这大概是最简单的策略了。你要做的就是买幢房子，剩下的交给德军就行了。

必然有人——要是知道是谁就好了，我希望是戈培尔本人——审查了这段话，认为这是展现德国人宽宏大量的绝佳广告，予以放行。"好笑"的是，英国人以幽默感自傲，而代表这个国家的英国当局却因为这个广播节目对作家万般责难。《玩笑》中的路德维克一定明白这种感受。他的女朋友玛凯塔为人正派，是个身心健康的好公民，这让路德维克颇为着恼，而她宁愿参加党校，称赞那里的"积极氛围"，而不愿和他共度一周荒糜的时光，更让他不快，于是他一时冲动寄了张明信片，上面写着：乐观是人民的鸦片！积极氛围惹人厌！托洛茨基万岁！后面是路德维克的签名。一切都已无可挽回。

  一个激进分子在这些问题上所遇到的麻烦可陈述如下。把幽默定义为批判和颠覆的武器很容易，但它常常又只是宽心或求生的小手段。古代的当权者很懂得这一点，会邀请臣属参加不拘礼法的宴会，再安排一些宫廷认证的小丑、弄臣活跃气氛。我一直以为，尼采就是因此才把笑话定义为情绪的墓志铭；它让尚待升腾的情绪在一阵爆发的欢笑或突降*中溶解、消散。《日瓦戈医生》里有一个难忘的时刻，鄙夷人性中一切真诚的科马洛夫斯基是那一幕的主角：沙龙里的布尔乔亚乌合之众突然局促地安静下来，因为阳台下一群工人正在唱革命歌曲；他喊了一句话，戳破了这

---

* Bathos，指文艺作品中常见的从庄严崇高突然跌落至平庸可笑的修辞手法。

种紧张的气氛:"说不定革命成功之后他们就有空去学一学唱歌怎么不走调了。"

经常听到激进分子被指责为毫无幽默感,说这句话的人一定不是在夸赞他们散发的严肃气质。这项罪名有多大杀伤力,或者应该有多大杀伤力?左拉的笔下没有几个笑话,他实际上更多依靠讽刺完成想要的效果。乔治·奥威尔的作品也少惹人发笑,虽然他挖苦自己时言辞可以非常风趣。(顺便说一句,嫌弃激进分子"毫无幽默感",批评者实际上通常指的是他们不懂得自嘲。但自认为宏伟的大事业,为何便要欣然领命觉得它荒唐呢?)马克思经常特别好笑;我想不起葛兰西或卢森堡的任何段子;1915 年是左派的谷底,齐莫瓦尔德*的反战会议遭到严重阻碍,托洛茨基在召集剩下的与会代表时,尚有闲心评论道:现在三辆驿站

---

* Zimmerwald,瑞士小镇。1915 年 9 月 5—8 日,反对战争的社会主义者在此集结,商讨如何终止"一战"(大部分第二共产国际成员选择支持自己国家参战)。

马车就能装下欧洲所有的国际主义者。

激进分子中我偏爱那个以机智风趣为荣的小派别,这也是为什么我如此欣赏奥斯卡·王尔德(他朝法国流亡——也是赴死——的时候,左拉正在英吉利海峡上沿着相反方向逃避他祖国的迫害者。)我必须承认,在这里我们似乎迎面遇上了一个连王尔德都会觉得难以撼动的悖论。让-保罗·萨特写过一篇关于波德莱尔的文章,将这种悖论表述得最为精悍。(的确是萨特——虽然一般不认为他是喜剧的天然材料,但蒙提·派森剧团决定要关注《存在与虚无》轻松诙谐的一面,改变了这一点。)萨特区分了反叛者和革命者。他说反叛者私下里其实挺愿意世界和系统维持原样。它们的始终如一才保证了他继续拥有"反叛"的机会。与之相对的,革命者真的希望推翻和更换现有秩序。显然第二种事业才不是玩笑事。在写下这几句话的时候,我意识到自己很高兴"德雷福斯事件"发生时没有深夜喜剧。有些时候你必须让社会直面痛处,和它强行对质；有些人总喜欢呼吁所有人都"放松一点"，不要执着，那样的甘言劝诱要远远避开。在我看来，很多伟大而严峻的激进分子并不缺幽默感——比如，当年保皇派就喜欢这样形容克伦威尔的议会党人——他们不过是觉得自己有不苟言笑的义务。（话说回来，克伦威尔的确曾这样告诉他那些清教徒士兵们：相信上帝，并保持火药干燥；这也算是一种冷面幽默。）亨利·基辛格拿到诺贝尔和平奖的时候，汤姆·莱勒*宣布退出歌坛，理由是"讽刺已死"。他知道什么时候该不再出声，但很多喜剧演员并没有这样的智慧。

既然在这个关键问题上我想占的是双方的道理，那就让我站定这个立场好了。幽默必须是锐利的——必须保存它与"急智"之间的关系——

---

* Tom Lehrer（1928— ），美国创作歌手、讽刺家、钢琴家、数学家，常借用流行音乐的形式演唱幽默的歌词。莱勒的确在七十年代之后将主要精力投入在数学教学中，但他宣布因为基辛格获得诺贝尔奖（1973年）而放弃音乐只是一个传说。

而且它也必须无所畏惧。幽默最轻松的形式就是漫画式戏仿（聪明的政客明白要出价购买讽刺他的漫画原稿，以彰显他的善心和宽容），以及与之相关联的种种模仿形式。而它更尖锐的形式则是反讽和下流。大概只有这后两种才是革命性的。刻画某个下作的政客或趋炎附势之徒正把女员工当成竞选资金来随意支配，这种原稿是不会有人买的，这也是为什么这样真实的漫画从来不会出现。表现一个帝王在四帷柱大床里因为力有不逮而挣扎，或是蹲在坐便器上怒火中烧，他也很难与大家同乐。过去那些了不起的漫画家不惧怕让人大惊失色，他们只是展现一个基本事实：有权有势之人的材质也和我们一样，只不过是潮腻腻的黏土；这也是为什么他们（我指的是那些像杜米埃*一样的漫画家们）经常身陷牢狱之中。根据

---

* Honoré-Victorin Daumier（1808—1879），法国漫画家、雕塑家，以刻画政治人物、讽刺国民行为闻名。因为一幅戏仿国王的漫画被判入狱六个月。

经验，判断幽默有一个标准：如果你开始担心自己可能过分了，那你就一定走得还不够远。如果所有人都笑，那你就失败了。

对于反讽，我在此就不妄下定义了。它是堪培利中加的金酒*、X因素†、棋盘上马的走法‡、猫的叫声、地毯中的线节。它不可确指、意在言外的特质让它绝不可能被完全压制或逮捕。它常勾连某种"始料未及的后果"。反讽的一个美妙之处，是可以用一种不带反讽的方式调用它。比如说，伏尔泰一本正经地要把基督教世界各个圣盒里的所谓"真十字架残片"组合到一起，可以推断出那样的一个庞然木制品上挂着的必然是个巨人。他的渎神"有

---

* 希钦斯常用堪培利中加的金酒等类似说法形容一种额外的意趣。例如，在访谈中列举生命的众多妙处，他提到"反讽"时这样形容："它是堪培利中加的金酒、咖啡里加的奶油。"他在回忆录 Hitch-22 里这样形容自己的母亲："她是咖啡里加的奶油、堪培利中加的金酒，她是用红酒或香槟来替换啤酒，她是在无聊、古板、吝啬之人面前的笑声……"

† X-factor，某种非凡的、可能影响结局但难以预测的未知因素。

‡ 国际象棋中，"马"（knight）走特殊的"日"字格。

理",正因为他假定信徒说的字字属实。

既然反讽总想顶人的手肘,扰乱他们的崇高计划,既然它在历史中的作用有迹可循,那么它对付那些号称和"历史大势"站在一起的人,捣乱之力最为强大也最为细腻。当你听到任何伟大光明时代的动听预告,永远提醒自己这一点。同时,也不要忘记,如果你真的在乎一项重大的事业或深沉的主题,那也不要畏惧自己会因此显得无聊。

17

关于无趣

你问我说"宁可无聊"时是否是认真的:我来试试能否抵挡得住用俏皮话回答的冲动。至少在当代的大众社会,异议分子已经不太会送往绞台和监狱了,甚至不用担心失业和挨饿。这样的事情当然还在发生,而且在那些为我们的繁荣提供原材料的国家里屡见不鲜,但大多数时候敌人总是一副乏味的面孔。(这是为什么很多弱势群体的诉求如此在意格调,看重那些引人耳目的戏剧化策略,但收到的成效往往迅速递减。)

一个可能的解法是接受乏味,只管唠叨下去。我介绍一则发生在自己身上的例子。1992年,阿肯色州州长克林顿下令处死一个有智力障碍的囚犯;他是一个名为里奇·雷·雷克托(Rickey Ray Rector)的黑人,在一次自杀未遂中伤了大脑。细节我就不多陈列了——雷克托习惯吃饭时把甜点省下来,当天他就准备留着核桃派"等会儿再吃",行刑人告诉雷克托这是他的最后一餐,然后把他从饭桌上带走了。他甚至听不懂自己的罪名。很显然,要不是那年春天新罕布什尔的初选太过激烈,雷克托可以拿到一个缓刑,甚至减刑。我就这一起冷血暴行写了一两篇专栏,希望能引来回响,但我看得很清楚,以往那些时时肝肠寸断的自由派们对这样凶残的行径却不准备发声了,因为他们觉得找到了一个符合他们需求的总统候选人。于是我决定要当个无聊鬼。之后只要州长在我的笔下出现(他果然成功当选总统,并且没有让我失望),我一定会提起雷克托;而我一旦在广播、电视上接受采访,或者有任何海外的新闻机构询问我的看法,我也必然大谈一番。我对自己发誓，要让被遗忘的雷克托人尽皆知，就像处决他的是一个典型的强调"法律和良序"的共和党一样。当然我并未成功——要是他是被一个争夺选票的右翼处决的，肯定立刻就举世闻名——但在之后的八年时间里，从一些人的反应中，我发现大家像是真听过这件事一般。甚至，有时候别人会报之以"嗨，怎么又是这段"，或者"你好像痴迷于这件事情"，或者我最偏爱的——"我们能不能换个话题？"但是令人生厌是有回报的，有一次我在电视节目中作为嘉宾之一讨论选举，我提到乔治·布什在得克萨斯注射死刑的数目实在骇人。讨论会的主持并不认识我，而且也没有什么政治见解，突然打断我道："那他和处死那个残疾黑人——雷克托先生——的克林顿比，更糟糕在哪里？"他说话是电视人的语气，就像所有人都懂得他的意思一样。我一下张大了嘴巴，不过我很高兴自己足够镇定——想起关于赠马的劝诚*——又把嘴巴闭上了。

所以我恳请你,不要怕被认为是个偏执狂。(如果是你自己突然意识到的,那就另当别论。)此类攻击很具暗示性,暴露了对方也时而被良心刺痛,或者说明他们一向对自己太过宽容。这应该成为你继续啰唆的鞭策。

我那位饱经战火的父亲,值得赞许的是他一直努力——虽然经常失败——避免过多地忆叙战争旧事;有一回他告诉我,打仗就是大段大段的无聊穿插着短暂的恐惧。后来很多老兵也向我证实了这一点;我自己也短暂造访过几个战区,有机会亲身验证父亲的话。所以,一个人在战场如何应对那些无趣的部分,至关重要。激进派的人生也没有很大不同;路障、街垒、巴士底狱,不是三天两头能经历的。关键的时刻出现时,能认

---

* 英谚:收到马作为礼物时,不要朝它嘴里看,因为从马的牙齿中可以判断它的年纪。这条谚语原本指的是不要太深究礼物的价值。

出和把握它们固然重要,但很多时候我们要面对的是庸碌的任务和例行公事。对付这些事情需要艺术和科学;艺术,在于能随时别出心裁地打破寂静,而科学,在于如何忍受那样的寂静。比如说,最叫人生畏生厌的事,莫过于冤案出现时那些一个平民所能尽到的责任:去监狱探望,给民众选出的冷漠官员写信,安慰沮丧或焦躁的亲属,与律师商谈……"德雷福斯时刻"几乎从来不会发生。很多阶级斗争也是一样:维持那些没有积蓄的罢工者的斗志,在企业复杂到让人阴郁的资料中查找他们的钱财藏于何处,努力说服记者如实地报道。有些饱受戕害或遭受种族清洗的遥远国度,你会需要向不感兴趣的人解释它们在地图上的位置,以及为什么这与他们相关,为什么——虽然他们不愿知道——他们也需要担负起责任。我并无意把这些事描绘得让人心如死灰,只有你期待立竿见影的效果时才会有那种感受。美好的补偿——如果能把它称为"补偿"的话,是你会遇见和你忙于同样事业的人，会增长见识，会因为获得了属于自己的经历和信念而更自信——特别是面对那么多只会接受或照搬三手见解的人。

18

密涅瓦的猫头鹰

但丁深陷派别争斗,信仰秘玄之说,但他把地狱里火焰最烈的一角留给了那些在道德危机之中试图保持中立的人,是对的。所以你让我别那么像个胡须满腮的老兵,多聊些艺术,少聊些科学,我也乐于从命。我还是会从自己有限的经历中提出几个例子:虽然每次这样做都微微有些尴尬,但至少它们都是第一手的经验,而我也留意到,我读其他作家的时候从来不介意那些自传性的文字。于是我打算扮演一个不识内敛为何物之人(自然也不懂如何假谦虚)。

我在不同的国家里被逮捕过几次,也被动过

几次粗，在斯大林主义政权垂死的日子里，我还曾在布拉格蹲过几天监狱。我也偶尔听过几回愤怒的枪声。但说实话，这里面大多数都是我自愿卷入的无关紧要的小冲突。（南非种族隔离尚在的时候，我曾在大街上演讲反对某个板球队，英国警察逮捕、拘留了我，罪名是煽动暴乱。后来他们撤诉的时候，除了释然，我清楚地记得自己还有些失望；罪名在向我的演讲功力致敬，让我暗暗觉得被恭维了。所以你明白——我的战斗主要都在风和日丽之时[*]。）

二十世纪九十年代，发生在波斯尼亚-黑塞哥维那的战争改变了这一点，对于很多我所认识的人也是如此。下面这些感想或许会显得眼界狭窄，甚至（天呐）欧洲中心主义，但就连我们这些对

---

[*] Summer soldiering，语出托马斯·潘恩的《美国危机》。当时美国独立战争进入寒冬，潘恩用 summer soldier（夏天的士兵）和 sunshine patriot（阳光中的爱国者）讽刺那些在艰难时刻会退缩的所谓独立斗士。

于冷战和军备竞赛再悲观不过的人,也不曾料想,在欧洲,会见到拘留营不打折扣的重现,会见到对平民的大规模屠杀,会见到酷刑、强奸和驱逐出境被再次制定为政策。那种事情我只在纸面上知道六十年前曾发生过;我们之中有些人(包括我)见过也认识那个时期的一些幸存者。当然了,在我们头脑的某个角落时常进行那些假想的游戏:要是听到敲门声我会怎么做;如果我的邻居正往车站被押送,我会有何反应?

这种设身处地虽然老套,但后来证明有用到让人不适,因为当这些骇人听闻的事件上演之时,欧美的政治人物们依旧漠然置之、甘为同谋,与法西斯最初造访时是同一副可鄙嘴脸。这里没有空间尽述来龙去脉,但我把论理的要点罗列如下:

1. 二十世纪,奥斯曼土耳其人灭绝了亚美尼亚基督徒,纳粹德国人试图根除犹太人,为此不得不新造一个词"种族屠杀"。两次暴行都有更大范围的战争作为掩护,且发生在被侵占或有争议的地区，缺少独立的见证人。而试图消灭波斯尼亚穆斯林则发生在光天化日之下，记录在影像材料之中，是战争的起因，而非可恶的潜台词。

2. 波斯尼亚虽然穆斯林人口占多数，但一直是个多文化的政体；很多穆斯林本身也都世俗化了；首都萨拉热窝是个杂居、融合之城，塞尔维亚人、克罗地亚人、犹太人和波斯尼亚人的大社群绝不仅仅只是"共存"。

3. 塞尔维亚和克罗地亚是巴尔干战争的主要参战方，和它们不同的是，波斯尼亚没有——而且是从未——声称别人的国土应为它所有。对波斯尼亚的进攻，以及对莫斯塔尔以及萨拉热窝的凶残围城，是表面上的仇敌事先合作策划的：一方是追慕法西斯的图季曼*先生，另一方是"民族社会主义"信仰死灰复燃的米洛舍维奇先生。这

---

* Franjo Tudjman（1922—1999），克罗地亚"国父"，1991年领导国家独立之后担任总统直至去世。

个"迷你希特勒-斯大林协定"北约是知悉的,这一点可以在参与者的记录中证实。

4. 在对波斯尼亚的侵犯中,对其领土的渴望和对现有居民的厌恶都是公然宣扬的,所以大屠杀的本质迅速显露出来;我们要地不要人。时时关注语言:德里纳河沿岸富饶的市镇一个个变为空城和废墟,贝尔格莱德的电视上毫不避讳地用"清洗"这个词来描述这个过程。也时时关注格调:摧毁和亵渎波斯尼亚的清真寺、墓地和文化名址大多数发生在"停火"期间,这是扫荡计划的一部分,他们根本不在乎用"附带损伤"的借口遮掩。

5. 塞尔维亚和克罗地亚的领土收复主义者、民族统一主义者和清洗者,分别举着东正教和天主教的大旗投入战斗,纷纷得到神父和教士的祝福。波斯尼亚人反抗时,大多数时候只是以波斯尼亚的名义;结果他们无一例外地被标记为"穆斯林",而从来没有报道会说"今天,天主教的军事力量摧毁了莫斯塔尔的大桥",或者"东正教的炮火让萨拉热窝的波斯尼亚国家图书馆燃起大火"。

6. 在欧洲，在巴尔干，在高加索，国境线和人口互相交织，听任一个蛊惑人心的独裁政权用武力强行夺取胜利，并由此推行他们暴虐的主张——让"国家"和"民族"一致，不啻是一种自杀。这就否定了欧洲——甚至文明——的整个概念，只会引发更多的战争，更可怕的独裁统治。

对我来说，这些论点在1992年就非常明显，到了今天就更明白无疑。

这些问题如何应对？波斯尼亚有一个民选的政府，但没有多少兵力，副主席的人选是在穆斯林、克罗地亚人和塞尔维亚人之间轮换的；他们请求国际保护，失败，又申请国际社会能认可他们自卫的权利：这两项提议都因为"武器禁运"被否决了，但这项禁令的虚伪之处就在于它对塞尔维亚已经掌握了前南斯拉夫人民军的军火库视而不见。（当年的列强以一种很类似的方式拒绝武装西班牙共和国，使其无力抵抗希特勒和墨索里尼,西班牙人于是不得不投向斯大林满怀兄弟情谊的让人窒息的怀抱,这些都不是偶然的巧合。)

所以,和不少人一样,我决定把自己遣往萨拉热窝。我一路上都很明白自己可能会显得可笑。我一路上也很清楚战争的间接参与者有过略显荒唐滑稽甚至用心险恶的先例。但当我估量这一切,也体察其他几件事情之后,我意识到我没有理由不去。如果真的帮不上忙,到时岂能不知?如果我变得可笑或成了累赘,我也相信有些人一定会告诉我。从结果看,那是我一辈子最值得骄傲的时刻。

这个话题我在其他地方已经尽心竭力写过不少,就不劳你把整个故事再听一遍了。(不过你应该把乔·萨科的卡通历史书《格拉热德安全区》*找来读一读,我很荣幸为那本书贡献了一篇导读。

---

* *Safe Area Goražde*,乔·萨科(Joe Sacco,1960—)的一本漫画新闻作品。格拉热德是波黑东部城市,位于德里纳河沿岸。

不管作为一个道德的立法者还是犀利的旁观者,萨科先生形象化的叙事才情总有一天会人尽皆知;这一点,你可以完全放心。艺术表达中有新的形式出现,是时势到了重大关头的可靠标志之一。)

在日以继夜被轰炸着的萨拉热窝——要进城我必须搭乘德国空军的人道援助航班,还好我不用向已故世的父亲说明此事——我见到在遭受最卑劣的同类践踏时,人类如何展现它最光辉的一面。当地人民固执地不让沙文主义者成为自己效法的对象,以种族和宗教的名义被侮辱和欺凌时,他们就是不愿用同样的手段回敬。波斯尼亚武装力量的副总指挥——豪迈的约凡·迪沃夏科将军(General Jovan Divjak)——是一个塞尔维亚人。我在枪火声中采访了他。当地主要日报《解放报》(*Oslobodjenjei*)的助理编辑是一个叫格达纳·科涅舍维奇(Gordana Knesevic)的塞尔维亚人。这份英勇报纸的办公建筑被蓄意地轰炸夷平之后,我还成了它的资金筹集者之一;他们出刊没有一期是延误的。我还和他们的穆斯林主编成了朋友,他对种族主义和部落主义真可谓恨之入骨。

我像他们所说的"身入战地"之时,也知道要提防过分地将波斯尼亚人浪漫化,对于自己和别人心里的那个乌托邦游客保持警惕。模范文本是奥威尔的《致敬加泰罗尼亚》;这本书在讨论中出现次数之频繁,不但让人惊讶,也让人安心。波斯尼亚官方的宣传语调是国际主义的;他们把米洛舍维奇的军队和从属的暗杀小队称为"Chetniks"*——一个曾经的反纳粹称谓——而不是"塞尔维亚人"。"打倒法西斯"——这口号不错——可以到处在海报上看到。我的墙上至今还挂着一张不大的装了镜框的海报,其中的设计对于墙面海报来说有些过于繁复,是我在当时一个政府办公室里找到的,我离开之后只过了一会儿

---

* 塞尔维亚语,意为:军队。主要指"二战"中反抗轴心国的塞尔维亚游击队。在波黑战争中,塞尔维亚军的对手用这个词时偏重于其中的贬义,如"民族主义仇恨"和"非正规军"等。

那里就被迫击炮弹摧毁。它上方的标题是 Gens Una Summus（"我们是同一种人"）；下面的图案融合了天主教和东正教的十字、大卫之星和星月标志。我暗想，难得有一次，宗教符号可以权且代表不同民族。

当时在波斯尼亚有几个形容枯槁的宗派主义者和原教旨主义者，也有一些黑帮和腐败，但这些事情都可以公开论辩，并受到大量批判，他们也被认为是国族大业的害群之马，而非典型。或许在某种意义上更为重要的一点，是在塞尔维亚和克罗地亚内部，反对派和民主人士被"自己的"社会里迷信和仇外的烟瘴捂得喘不过气，波斯尼亚的卫国之战，在某种程度上也被他们视作生死大事。

我想起当时那些觉得这一切都无关紧要的人说出的道理，仍会觉得愤慨。英国外交部、法国总统，以及叶利钦政府新获大权的领导人，都只愿意安抚那个癫狂、邪恶的"大塞尔维亚"计划。

我说"安抚"(placate),是因为"绥靖"(appease)这个词已经因为用得太过频繁,没有效力了。美国政治的大多数传统势力也是同样的想法。而名义上所谓的"左派"也很大程度上没有异议,或许是对于铁托的南斯拉夫有怀念之情,又或许——美国方面就是如此——是对任何可能会触发"干涉行为"的做法都有习惯性的反感。多年来那些陈腐的关于威慑和警惕的官方论调,那些关于"不容重演"的鼓吹,那些半生不熟的孤立主义理论,汇成一条躲闪、虚伪和委婉语的洪流。你或许也记得,顶点是在斯雷布雷尼察投降之后,大约一万名男子和男孩被屠戮,而超级大国的卫星在头顶记录,大屠杀的领袖、总指挥正受到西方和俄罗斯的外交人士接见,称他为"和平伙伴"。只恨我自己所能下咽之食物还不够用来呕吐。

这段记忆我不能一笔带过,原因有二,都跟我们的交流有关。第一,可能你不单要变得无聊,还要变得浮夸。不管那时还是此刻,我都认为捍卫波黑事关文明；如果我们听任波斯尼亚的文化和文明被抹去，那我们的空洞和无用就暴露无遗。在一片冷眼的观众前努力把这样的话说出来；他们会想问：你以为你是谁——如果你不是个糊涂蛋，也会这样问自己。但你心里相信的事情，那就他妈的把它讲出来，而且谨记，相对而言，也是相较而言，你冒的是多么微小的风险。

第二，不用太担心你有哪些朋友，与哪些人为伍。所有值得为之奋斗的事业，从来不会缺少参与者：我曾在同一个台上和共产主义者一起谈过南非，和"冷战分子"一起谈过捷克斯洛伐克；说到波斯尼亚，我和在萨曼·鲁西迪问题上意见相悖的穆斯林交换看法，也和因为我一直支持巴勒斯坦建国而猜疑我的犹太人一起发过言。我们也没有同意要抛开这些分歧，虽然有时候的确会把它们提升到另一个高度。（我记得苏珊·桑塔格曾在一群支持波斯尼亚的观众面前演讲，虽然其中很多是土耳其人，但她还是无比勇敢地执意探讨当时局势与亚美尼亚的相似之处。) 那些试图通过你与谁为伍来批判你、让你难堪的人,一般他自己身边都会是宵小之辈;而不管如何——我曾经学来这样一句——他们所谓的铲球其实都是在铲人。事实上,我从来没有和一个彻头彻尾的法西斯身处同一条 galere*,而即使是和新保守派共谋一事时,我也从来没有与亨利·基辛格并肩作战。所以,可能"理念"中莫名有种鉴别力,会成为无形的罗盘,让我们避开那些最糟糕的人。

波斯尼亚还做了一件事,涉及我们刚开始通信时触碰过的话题。它让最好的"六八人"和最好的"八九人"聚集到了一起,表明两者永远有共生的可能。在萨拉热窝、莫斯塔尔、图兹拉、萨格勒布和杜布罗夫尼克,并无事先约定,我却不断遇到那些过往战斗中我正好记得且期望能再

---

* 法语:本意指(古时由奴隶和囚犯划桨的)桨帆并用的大木船;也指困苦的境地。莫里哀在他的作品《司卡潘的诡计》中借指"小团伙"。

次见到的人。这些重逢也不能太过浪漫化（单单想到几位缺席之人就足够警醒了），但这些作家和斗士多年来在旧欧洲隔着僵化的边境互相比画着手势，都曾雄辩地批判集团政治、呆板语言，以及对核浩劫的毁灭性恐惧，希望能引发争辩和对话，而他们都听到了萨拉热窝发出的讯号。他们帮助一个值得为之努力的社会经受住了图季曼和米洛舍维奇之间的希特勒-斯大林契约，也让它比图季曼和米洛舍维奇本人活得更长久。密涅瓦的猫头鹰*，黑格尔说，只有夜幕降临才开始飞翔。他的意思是一个历史时期只有在它行将结束时才能被正确评价。在血淋淋的波斯尼亚，我意识到，因为某个中心事件或关键时刻，我们中的一些人曾经参与的那些全无关联和脉络的斗争顿时不只有供人怀想的意义。下一个阶段或时期已经可以

---

* 密涅瓦（Minerva）是罗马神话中司智慧、艺术、发明和武艺的女神，即希腊神话中的雅典娜；栖落在她身边的猫头鹰则是思想和理性的象征。

分辨；那就是奋力传播普世的人权，将正义与道德普遍标准的全球化和生产的"全球化"匹配起来。或许这听上去寡淡到简直"不食荤腥"：我可以向你保证它绝不会是件温和的事情。即使是最有野心的激进派也有足够的施展空间。

波斯尼亚有段时间命悬一线，差一点完蛋，但最后榜样的力量居然也让联合国和大臣官邸里那些不可一世的大官们呼哧吭哧地行动了起来。干预行为也带来了另一些问题，另一些幻灭，但就像威廉·莫里斯在《约翰·波尔之梦》*中所作的精妙论述：

> 人总要战斗，战斗总会输，但他们为之一战的目标虽然输了却还是实现了，只是和当初所想的不同，既如此，另一些人就必须在另一个名义

---

* *The Dream of John Ball*，英国作家威廉·莫里斯（William Morris，1834—1896）于 1888 年出版的关于 1831 年农民起义（Peasants'Revolt，又称"泰勒起义"）的小说。

之下，为当初之所想而继续战斗。

黑格尔或马克思所有著作中，也很难找出比这段更"辩证"的话，而乔治·艾略特的小说也不比它更反讽。（虽然你手中的这本书不是什么入门指南或者阅读清单，但我顺口提醒，威廉·莫里斯和他的伙伴在社会和美学问题上的著述，可说是从古至今激进派最无畏和优美的篇章，研读它们的收获之大，会让你所花的精力显得微不足道。那些作品配得上乌托邦这个词最丰厚的内涵。）

我一直以来的导师和朋友罗伯特·康奎斯特[*]，又是一个我们所有人都该感激的单枪匹马的历史学家和真相表述者。不过他说我们大部分苦难都来自理想主义者、社会工程师和乌托邦空想家时，我认为他错了。当然，从某个角度看他是正确的，有一部分激进者号称自己如同一个无情的主刀医

---

[*] Robert Conquest（1917—2015），英裔美国历史学家、诗人。

生或铁石心肠的工程师,对这样的人我们已经不可能像过去那般纵容。但是,你会发现最卑劣的罪行——不管托词如何动听——依然在借用旧式的垃圾名义:忠于国家、忠于"秩序"、忠于领袖、忠于部族、忠于信仰。把谴责对准那些追求乌托邦的人,是没有懂得一条关于历史的道理(《动物庄园》就是这条道理的阐释者之一):乌托邦人是因为开始效仿他们曾经的主子,才成了独裁者。同时,它也没有懂得,从目的论的角度来看,我们生来就莫名注定了要永远受到不满的抽打,总希望发生非同寻常的改变,要让人类对于这种诉求免疫是不可能的。(就像康奎斯特非常了解的,苏联的精神外科医师会把异见者关在疯人病房,强行用药治疗他们的"改良主义幻觉":于是社会中唯一清醒的人被划为精神错乱和反社会;天真的、激昂的乌托邦人是干不出这种事情的。)

要追求的崇高目标,在我看来,似乎是这样:我们要努力将最大限度的不满和最大限度的质疑结合起来；要将对不公正和不理性的最大程度的愤恨，和最大程度的自我批评、自我反讽结合起来。这就意味着要真正下定决心从历史中学习，而不是引它为己所用，或是将它口号化。

跋

狄奥多·阿多诺在他那本缭绕人心的小书《袖珍道德学》(*Minima Moralia*)中写道,满足海斯办公室(好莱坞当时的审查部门)制定的所有条件和限制也可以拍出艺术上让人满意的电影,但必须有一个前提,那就是海斯办公室不存在。我一直觉得这句精警到晦涩的判断暗含着以下两层意思:一,美德和优点如果是索取或强迫的,就会成为和它们本身相反的事物。二,任何自我描绘或自我定义都不能信赖。(一次参议院的听证会中,"卡车司机工会"*的一位官员被问到他的工会是否真的权力极大,他的回答颇为小心但也十分优雅:权力大小如同是否淑女,"如果你不得不说出'我很淑女',恐怕你就不是了"。)

在我们书信往来的整个过程中,我始终无法完全摆脱一种隐约的僭越感。如果你把我定义成激进派的权威,那便是你的幻觉;如果我把你的恭维之辞信以为真,那就很可能是在捉弄自己。已故的詹姆斯·卡梅伦†是我早期在激进派新闻写作上的导师,他有次坦承,每次面对打字机,他都会有一个想法:"今天就会是我被揭穿的日子。"(他是印度独立的伟大记录者,在他去世时,是当时唯一一个见证过三次核爆炸的人。)每回我被相同的担忧困扰时,我会想到教皇、女王和总统每

---

* Teamsters Union,特指美国卡车司机、汽车司机、仓库工人和佣工国际工人兄弟会。
† Mark James Cameron(1911—1985),英国记者、旅行文学作家和历史学家。

天醒来内心中也会被类似的恐惧咬啮,便觉一阵宽慰。如果他们没有这样的恐惧,就该更受到质疑——考虑到我对他们的态度,要再添几分质疑倒也不容易。

所以我最后没有激扬的结语,没有号角送别。对非理性保持警惕,不管它多诱人。远离"超验"和那些邀请你服从或自毁的人。提防同情心;对于你自己和他人来说,都是尊严更为可取。不要怕别人觉得你傲慢或自私。把所有的专家都看成哺乳动物。对于不公正和愚昧,永远不要旁观。寻求论述和争辩不需要额外的理由;坟墓里有足够的时间供你沉默。质疑你自己的动机,和所有借口。不为他人而活,就如同你也不期待他人为你而活一样。

最后我把康拉德·哲尔吉*的几句话留给你。这个匈牙利异见者在那些昏冥幽暗的时间里依然

---

* Konrád György(1933—2019),匈牙利小说家、散文家。

保有尊严，他的迫害者已逝，而他与他的《反政治》(Antipolitics)、《失败者》(The Loser)，和其他如碑铭般的散文和小说，依然还在。（他的国家和社会解放之后，他们来找他，请他出任总统，他回答："不用了，多谢。"）以下文字是他在1987年写下的，黎明还似乎遥不可及：

> 拥有一段真正活过的人生，而不是职业生涯。把保护好的品位作为自己的职责。真实体味过的自由足以弥补你的一些缺失……如果你不喜欢别人的风格，就培养你自己的风格。去掌握一些复制传播的小技巧，即使是聊天也把它看作自我出版，这样，你的生活会满是工作的喜悦。

愿你也是如此，愿你为了前方的战斗火药干燥，也懂得分辨在什么时候去哪里寻找战斗。